與謝野晶子　等作

亂髮

短歌三〇〇首

陳黎・張芬齡譯

目錄

前言

亂髮垂千年，情熱戀短詩流香

「短歌」（tanka）是近一千兩百年來日本最盛行的詩歌形式，由5—7—5—7—7，三十一音節構成，亦稱和歌（waka）。傳統上用以表達溫柔、渴望、憂鬱等題材，每每是男女戀愛傳達情意之媒介。日本最古老的詩歌選集《萬葉集》（約七五九年）收錄了四千五百首詩，其中有百分之九十採用短歌的形式；第二古老的詩選《古今和歌集》裡的一千一百首詩作中，只有九首不是短歌。自醍醐天皇下令編纂《古今和歌集》（完成於九〇五年），至一四三九年後花園天皇下令編輯的《新續古今和歌集》，共編成二十一本敕撰短歌集，短歌因此在日本文學史上占有十分崇高的地位。在王室的金援之下，代代都不乏短歌宮廷詩人。

對這些宮廷詩人而言，《古今和歌集》的詩作代表了精湛詩藝的巔峰，他們奉之為足堪永久仿效的聖典。然而漸漸地，多半讀者已完全無法理解許多的用字和用語。精通短歌詩藝的詩歌家族們運用高深莫測的辭彙，壟斷此一領域，他們的聲望高漲，酬勞豐厚。數百年間，這些家族的子嗣承續此一封閉技藝，其詩風自然極為保守。

一八七一年成立了後來成為「御歌所」的機構，隸屬於宮內省，主管官員為這些宮廷詩人及其弟子的後代，他們一心只求保存僵化的傳統形式，毫無創新的活力可言。在明治時代（1868-1912）開始的二十年，詩壇完全是「御歌所」詩派（後來稱之為「舊派」）的天下。「舊派」詩人的詩作只著眼於自然之美，缺乏真正的情感，與當時處於西化衝擊下的明治維新所展現的生命力顯得格格不入。於是他們開始試圖改變詩風，順應時代。雖然他們在短歌中加入了電報和火車這類現代的生活素材，但是由於才情與敏感度不足，他們仍無法跟上時代，他們的創新僅止於題材方面。

詩人開始覓尋傳統三十一音詩型之外的詩歌形式，於一八八二年建立「新體詩」，可惜藝術感不足，反而留給讀者「短歌已死」的印象，引發不少抨擊。有趣的是，這些抨擊往往出自非詩人之手，激發了日本新一代詩人和研習日本文學的學子創新短歌、拯救短歌的企圖心。

萩野由之（1860-1924）於一八八七年發表〈和歌改良論〉，提倡短歌用語應現代化，應賦予詩歌形式更大的自由，而題材應更為陽剛。許多詩人試圖實踐此一建言，但鮮有讓人眼睛一亮之佳作。

一八九三年，落合直文（1861-1903）創立「淺香社」，和舊派詩人對立，高舉革新短歌之旗，與謝野鐵幹（1873-1935）即為其中一員猛將，在此一文學運動中表現最為傑出。他於一八九四年五月發表〈亡國之詩：痛斥今日娘娘腔之短歌〉，認為國家之興盛與否和文學有著直接的關係，狹隘、粗鄙、陰柔的短歌對日本有害無益；他抨擊舊派詩人貧瘠的形式主義讓詩歌為繁瑣的技巧所束縛，極力倡導「雄風」之詩。當時適逢甲午戰爭前夕，他的呼籲引發了熱烈的迴響。他的雄性詩風讓他在文學界贏得「鐵幹虎」和「虎劍調」之稱號，與舊派詩人相較，他的短歌在思維和書寫手法上或許有待精進，但是其展現的旺盛力道著實讓人驚喜。一八九九年，他成立「東京新詩社」，創辦《明星》雜誌，意圖為黯淡的短歌詩壇帶來晨星般的光輝。其中兩位女性成員與謝野晶子（當時名叫鳳晶子，後來成為鐵幹之妻）和山川登美子，兩人在詩藝和愛情上皆為競爭對手。與謝野晶子當時的詩歌雖然少有鐵幹短歌式的新鮮感，但是她在詩歌中所表現的思想和風格都頗為大膽、前衛，完全跳脫舊派詩人的陳窠，為短歌樹立了另一種新貌。

與謝野晶子，本名鳳晶，一八七八年十二月七日出生於大阪府堺區（今大阪府堺市）甲斐町，父親為皇室御用的糕點商人，經營以「夜之梅」羊羹知名的和菓子老鋪駿河屋。晶子為家中三女，在她出生前兩個月，一名兄長死於意外。遭到喪子之痛、一心期盼再添丁的父親對她的性別由生氣、失望，轉為憎惡，為了安撫她父親和祖母的情緒，她母親將她送往姑姑家，只能在夜晚偷偷前往探視，直到三年後再生下一子，才將她接回。後來，晶子的聰慧和文學天分為她贏得父親的喜愛和肯定，以及當地女子所能接受的最高教育。

晶子的父親對藝文的喜愛遠勝於做生意，母親身體虛弱，因此在兄長離家往東京求學後，晶子成為家中的支柱。父親重男輕女，思想封閉，為了守護她的貞操，白天不許她單獨出門，入夜則將她困鎖於臥房。如此的壓抑氛圍讓晶子感到窒息、憤怒，創作成了她抒發內心情緒的出口，逃離現實的秘密管道。《亂髮》一書裡大膽、打破傳統的短歌可說是她女性自覺的展現。

晶子於十三、四歲開始閱讀父親的文學藏書，從平安時代（794-1192）的宮廷文學，江戶時代（1600-1868）的通俗小說，到明治時代的當代文學，逐漸開啟了她對創作的興趣。她最早的詩歌出現於一八九六年當地的文學刊物，當時晶子十八歲，文字和情感表現手法都相當傳統：「可別落下啊，／秋天夕暮的陣雨；／在山上與母鹿會面／的公鹿／會被淋濕呀」；「但願城裡的人／在秋雨陣陣的黃昏／能夠聽見／這山村迴盪／的晚鐘聲」。雄鹿，母鹿，晚鐘，山村，秋雨是傳統短歌裡常見的意象。

一八九七年，晶子在《讀賣新聞》初次讀到新派詩人鐵幹的作品，頗感震撼，但一直要到一八九九年，她才開始在詩作中顯露詩的新風向。該年當地刊物登出她下列這首詩：「耳邊傳來／青澀的誦經聲：／月下廟旁／一棵孤獨的櫻樹／花落寂寂」。

晶子於一八九九年加入河井醉茗（1874-1965）為首的關西年輕詩人所組成的詩社。同年十一月，鐵幹成立「東京新詩社」，一九〇〇年第一期《明星》雜誌出刊，這些關西詩人很自然地與「東京新詩社」結盟（因為鐵幹在刊物裡選錄了許多他們的詩作），不久之後，鐵幹和晶子的生活開始有了交集。

在與晶子結婚之前，鐵幹有過兩次婚姻；在與晶子結婚之後，有著理不清的情感糾葛和多段風流情史。

出身清寒的鐵幹第一任妻子淺田信子是富家千金。鐵幹頗有神童之姿，十六歲（一八八九年）即在山口縣德山女學校任日文與漢文代用教員，與長他三歲的學生信子戀愛，一八九二年離職。信子是第一屆畢業生，兩人直至一八九六年方於東京共同生活，信子為他產下一女，不幸四個月即夭折，兩年後二人離異。據說鐵幹的岳父曾命她與之離婚，因為他擔心鐵幹酗酒、放縱的生活無法給她幸福。

其實，當時鐵幹真正心儀的女子是林滝野，一名富家獨生女，也是他德山女學校的學生。一八九九年，她父親答應了鐵幹的求婚，給了她一大筆錢，這筆嫁妝讓鐵幹得以在東京租屋，辦雜誌。不久之後，鐵幹的岳父對兩人的婚事甚為懊悔，因為他從友人口中得知鐵幹行為不檢點，結過婚，而且在一八九五年旅居韓國期間和一名韓國歌手過從甚密。次年，滝野產下一子。鐵幹於十月去見岳父，請他答應讓兒子從父姓（鐵幹當初曾答應入贅林家），不但遭到斷然拒絕，還叫他與滝野離婚。

一九〇〇年八月，鐵幹至山口縣父親墳前祭拜後，走訪大阪，對喜愛日本文學的文藝青年發表演說，順便為自己的雜誌宣傳；在那裡，他遇見了山川登美子和與謝野晶子（分別是二十一和二十二歲）。兩女十分仰慕鐵幹，多次參與有他與會的文學聚會，她們追隨他寫詩，很快成為密友。她們同時愛上鐵幹，關係變得微妙又詭異：兩個手帕交、靈魂同志想要共同擁有一個愛人。後來登美子因父親干預不得不放棄這份感情，兩人友誼也因此得以延續。

一九〇一年一月底，鐵幹與晶子在京都共度了兩個晚上。鐵幹必定曾向晶子述說他與滝野的關係。晶子對他的感情原本是基於對其才氣和盛名的仰慕，後來又加上了對他不幸福婚姻的同情。鐵幹必定也曾向她暗示他即將離婚，並且答應離婚之後盡快與她結婚，因為晶子接下來的舉動讓人不得不有這樣的推斷：她一再寫信給鐵幹，表達想與他同居的渴望；據說還在信中以死相逼，最後竟然是滝野出面寫信勸阻她。

一九〇一年六月，滝野終於離開鐵幹，回到山口縣娘家，與父親同住。滝野離去之後不久，晶子便前來東京與鐵幹同居。八月，短歌集《亂髮》出版，兩個月後，晶子與鐵幹結婚。這本詩集出版後引發詩壇和社會極大迴響，毀譽褒貶兼而有之，因為內容實在大膽，直率，充滿感官色彩和情慾暗示。

鐵幹早年的詩作詩風大膽，這和現實生活中的他有相當大的差異。他對第二段婚姻的態度令人不解，他似乎不知道自己真正想要什麼。在與滝野分開後，鐵幹曾請求她不要再婚。與晶子結婚後，他三番兩次向滝野要求金援，還不斷寫信給她，宣稱自己對她的愛未曾改變。有人說鐵幹為了錢寫那些充滿愛意的信給滝野，此說不太可信，因為鐵幹並非性格卑鄙之人，何況一個正常女子怎可能不斷資助她所厭惡（據其再婚夫婿所言）的前夫呢？比較合理的說法是：滝野不合常理的行徑別有用意，她心存妒意，故意想惹惱晶子，即便對前夫已無愛意。

鐵幹無法（甚或拒絕）與過往的婚姻劃清界線，無法徹底揮別與前妻的曖昧情愫，這讓晶子十分痛苦。鐵幹習慣以花之名指稱他所愛的女人：登美子是白百合；晶子是白萩；滝野是白芙蓉。有一天，晶子珍愛的花園裡白芙蓉開了花，鐵幹將之摘下，夾入信裡，寄給第二任妻子。這讓晶子勃然大怒，與他激烈爭吵，讓兩人緊張關係雪上加霜。滝野後來和兒子搬回東京，鐵幹常前往探視，向她抱怨自己與晶子的婚姻生活。

滝野讓晶子陷入苦境，而晶子對登美子的嫉妒更是讓她飽受折磨，劇烈且持久。登美子在十八歲時開始投稿，發表詩作；一八九九年，加入鐵幹的「新詩社」，成為其狂熱的追隨者。一九〇〇年八月，她在大阪為鐵幹而舉辦的文學聚會上初識晶子，兩人志趣相投，鐵幹走到哪裡，她們就跟到哪裡。登美子在大阪的行徑令家人頗感不安，她父親決定將她嫁給一位原本在國外當外交官，因健康原因回東京任貿易商經理的遠房親戚。

一九〇〇年十一月五日，登美子和晶子去大阪拜訪鐵幹，隨後三人一起到京都賞楓。他們在旅店過夜，登美子告知即將出嫁之事，鐵幹和晶子極表同情。當天晚上，登美子和晶子共睡一床，登美子寫下一首短歌——「把所有的紅花／留給我的朋友：／不讓她知道，／我哭著採擷／忘憂之花。」——祝福鐵幹和晶子。晶子後來回以此詩：

請到你家溪邊，
找一朵
能忍受
若狹之雪的
紅花！

一九〇〇年十二月，登美子結婚，婚後與丈夫山川駐七郎定居東京。一年後，駐七郎發現自己罹肺結核，於一九〇二年底過世。登美子在二十三歲時成為寡婦。丈夫死後，登美子對鐵幹的愛意復燃，讓晶子痛苦萬分。一九〇四年，登美子進入日本女子大學英文科就讀，有人說她上大學是為了想當英文老師，有人說是想逃離家人的監控，有人說是鐵幹出的主意，這樣兩人才能經常見面。

鐵幹希望他生命中的女人都能像姊妹一般和平共處，表面上看來，這些女人彼此友好，但登美子的經常到訪讓晶子感到不安。一九〇五年十月，登美子因病住院，鐵幹表現出超乎友誼的焦慮，晶子心生懷疑。登美子出院後，晶子邀其到家中作客，盤問她與鐵幹。登美子承認她與鐵幹關係親密。晶子心情矛盾：她嫉妒登美子，卻無法恨她（事實上，她頗同情登美子）；她想憎恨自己的丈夫，卻又做不到。

此一感情糾葛隨登美子的過世而部分化解。一九〇六年，登美子被診斷出罹患肺結核，為了在京都醫院接受治療，她搬去與姊姊同住，安靜等待病體康復。一九〇八年底，她獲知父親病重，想立刻回家探望，卻因大雪封了路，最後由僕人背著她回家。不堪長途勞累，她抵家後隨即臥病在床。不久，深愛她的父親過世，登美子健康狀況持續惡化。一九〇九年四月，憂傷且孤寂的登美子病逝，享年二十九。

鐵幹寫了十二首詩悼登美子，奇怪的是，晶子未針對此事寫過任何一首詩。後來，她寫了一首謎樣的短歌：

我們將那秘密
封存於瓶中，
我們三人，
我丈夫，我自己，
和已故者。

登美子在世時，晶子為嫉妒所噬。她的嫉妒並未隨登美子的死亡消逝，反而化明為暗，持續啃嚙她的生活。在鐵幹的記憶中，死去的登美子一天比一天更形美好，畢竟在愛晶子之前，他曾愛過她。

鐵幹並非被晶子的女性魅力所吸引，而是臣服於她的熱情和大膽。登美子內斂，溫馴；晶子剛強，有主見。晶子的名氣讓鐵幹感到自卑，和才能少些的登美子在一起時，他感到自在。鐵幹對已逝登美子的態度很輕易地就被善感又敏銳的晶子看穿，卻也因為這樣，晶子難逃內心煎熬的痛苦。

一九〇五年一月，山川登美子、增田雅子、與謝野晶子三位女詩人合出了一本詩歌集《戀衣》。增田雅子和登美子同年入日本女子大學，經常出入鐵幹的詩社，嫁給了詩社同仁、後為慶應大學德國文學教授的茅野蕭蕭（1888-1946）。在給茅野蕭蕭的信裡，晶子曾寫道：「男性在心智上沒有束縛，在情感上也該享有自由，自婚姻生活解脫。我不得不理性地做出這樣的結論，但是我天生感情豐富，愛恨分明，在實踐我的理論之前，我還得吃盡苦頭。」晶子這段話或多或少反映出鐵幹的觀點，以及她自己的婚姻生活。鐵幹在有生之年愛過許多女人，一九一二年他在巴黎，曾給一個當時跟雷諾瓦（Renoir）學畫的日本年輕人這樣的忠告：「結婚是不錯的，但不要只跟定一個女人。老婆要一個接一個地換，這樣生活才不會被局限。」一九〇五年八月，鐵幹曾在《明星》雜誌發表一首名為〈雙面愛情〉的詩作。此詩共五節，每節八行，傳達出鐵幹對愛情的態度（晶子未將之收錄於鐵幹死後出版的選集中）。說話者在一開始就對自己靈敏的內心感到惶惑：他竟然可以同時愛兩個女人。他一面與來自浪速（大阪舊稱）的女人（影射晶子）談戀愛，一面愛著來自吉備（岡山縣和廣島部分地區舊稱）的女人（暗指登美子）。前者是有著傲人才氣的詩人，與男作家為伍；後者含蓄，沉靜，抑鬱寡歡。當後者告訴他說自己將不久於人世，他說他會隨她而去；當前者告訴他說他是她生命的全部，他承諾會永遠愛她。他對兩人的愛同樣忠誠，他再也分不清自己比較愛誰，一如他無法分辨抽菸與焚香所散發的煙霧有何差別。在詩末，說話者乞求智者宣告這兩者都是真愛，也請求詩人歌讚這兩份美麗的愛情。

儘管晶子在上述信中提出她的「解放觀」，她的婚姻觀其實相當保守。她對鐵幹十分忠貞，雖然他多次背叛她。她為他懷孕十一次，生下六男六女共十二子女（雖不幸有三女一男夭折），善盡養育之責，以文筆維持家計。在繁瑣的家務和沉重的生活壓力下，她的作品仍源源不絕，如此豐沛的生存和創作能量著實令人感佩。在他們結婚之初，鐵幹的財務狀況極不穩定，《明星》雜誌的銷售量突然銳減，一則因為一九〇〇年十一月號因刊登裸體插圖以有害公共道德的罪名被查禁，二則因為一九〇一年三月有人匿名出版《文壇照魔鏡》一書，抹黑鐵幹強盜、詐欺、放火、淫行等十七大罪狀，重創鐵幹名譽。此書似是敵對刊物為阻礙《明星》雜誌熱賣的一項陰謀，要安然度過此一難關，鐵幹需要有力的後盾，晶子的剛強性格適時發揮了作用。

與晶子結婚時，鐵幹的名氣已過顛峰期。日俄戰爭期間（1904-1905）浪漫主義式微，自然主義興起，詩歌的優勢地位被散文取代，鐵幹的聲望逐漸走下坡。他不再使用筆名，改用本名與謝野寬發表作品。然而，晶子的名氣卻持續上揚，這對夫妻的地位形同逆轉。原本是詩壇「明星」的丈夫幾乎完全被文壇所遺忘，而晶子從原本默默無聞的詩人，鐵幹的忠實門徒，變成大師級的知名作家，多本詩集相繼出版，沉重家計的擔子也落到她的身上。外表看似強壯的鐵幹其實缺乏自信，焦躁不安，十分自卑。鐵幹在一九〇五年八月號的《明星》雜誌發表了一首名為〈一無是處的人〉的詩作，藉一名醉漢之口，道出吃軟飯男人的心境，頗有自我解嘲的意味。

一九〇八年十一月，《明星》雜誌在發行一百期後停刊，鮮少有人造訪鐵幹。有一天，晶子看見鐵幹在院子裡踩壓螞蟻。她問鐵幹為何要弄死螞蟻，鐵幹回答：「因為我恨牠們！」此刻，晶子初次體察到丈夫的寂寞，挫折與淒涼感。為了回到美登子外遇事件之前的婚姻狀態，為了幫助丈夫重建自信，他們搬進新家，共同開設一週兩次的《源氏物語》文學講座。

但後來因為對經典作品的詮釋觀點有所不同（鐵幹尊重前輩學者的看法，晶子則較多個人的創見），兩人又開始爭吵，誰也不肯讓步。更糟的是，晶子因工作過勞，加上害喜，變得很神經質。昔日的憎惡感再次湧上心頭，晶子很想離婚，但她知道離婚對鐵幹而言是死路一條，而自己對鐵幹的情感也尚待釐清，於是她想到分居，但又擔心閒言閒語。後來她想到一個兩全其美的方法：

19.

籌錢讓鐵幹出國，一來實踐他多年的渴望，二來歐洲之行或許能幫助他重新參與文學活動，找回信心。鐵幹在學法文準備出國期間，曾對傑出的短歌改革者石川啄木（1886-1912）說：「我即將因為懶散和任性遭到放逐，但我不知是何時，也不知為期多久。」一九一一年十一月，鐵幹動身前往法國。丈夫即將遠行，晶子寫詩抒發心情：「在海的對岸／你將踏上／寂寞的旅程／彷彿流放／彷彿出走」。六個月後，難忍相思之苦，晶子隻身往法國與丈夫會合。她知道自己還深愛著他。鐵幹返國之後，他們就再也沒分開過。此趟法國之行拓寬了晶子的視野，她對歐洲婦女運動留下深刻的印象。一九一二到一九二六年間，晶子的創作力依然處於巔峰狀態。

•

一九〇一年八月十五月出版於東京的《亂髮》是與謝野晶子第一本詩集，全書共有三百九十九首短歌，其中二百八十四首曾在各刊物發表，一百一十五首為未發表之新作。書名源自鐵幹寫給她的一首詩：「我將此與秋天／相稱之名／獻予你：／心思騷動之女，／亂髮之女」；更早的源頭則是平安時代女詩人和泉式部（約974-1034）的一首短歌：「獨臥，我的黑髮／散亂，／我渴望那最初／梳理它／的人。」書分六輯——「臙脂紫」（九十八首）、「蓮花船」（七十六首）、「白百合」（三十六首）、「二十歲妻」（八十七首）、「舞姬」（二十二首）、「春思」（八十首），每一輯都各有特色。在「臙脂紫」，她書寫情愛的諸般滋味；「蓮花船」像水墨淡彩小品，風景明信片，流盪著明媚的春色，觸及年輕僧人在塵俗誘惑與經文修行之間擺盪的心境，對人性的幽微面進行挑逗與探索；「二十歲妻」道出初為人妻的晶子對生命和愛情的體悟；「白百合」是類似日記體的生活札記，記錄她和登美子亦敵亦友的情誼，一幕幕場景如簡筆的連環畫般展開。在「舞姬」一輯，晶子進入舞姬的內心，寫出這些年少時就賣身入行，身分卑微的女子所思所感，尤其是對愛情的渴盼、幻滅和無奈；「春思」一輯則處處可見勇於追愛的大膽宣言。

在十九世紀最後十年，日本有許多知名作家從浪漫主路線轉向自然主義，晶子《亂髮》一書在文壇造成轟動，重新點燃了奄奄一息的浪漫火苗，也帶動一股讀詩熱潮。她描寫甜美而憂傷的愛情，呈現內心騷動的女性情慾。戀愛中的人是不該受人輕視的「春」之旅者：

血液燃燒，那夜
在夢的旅店
把手臂借你為枕：
請不要看輕
這樣的春行者。

在晶子的詩裡，「春」有多重意涵：是作為書寫背景的時序上的春天，是散發自然之美的春光春色，更是象徵「春心騷動」、「思春旺盛」、渴盼激愛的青春的生命。就此意義而言，《亂髮》可說是一部禮讚「春」，禮讚「戀」，服膺各種官能美的「春歌」集：「春之國，戀之國的標誌」是「髮上的梅花精油」，紫色、桃色，紫藤、紫菫、紫羅蘭、桃花、胭脂……是反覆出現的春之國的國旗顏色。她捍衛愛情，一如她在現實生活中所身體力行的，認為肉體之歡愉是天賜的、自然的美好事物。她抨擊僧侶以及見識淺薄的道德主義者（「你從不碰這／熱血洶湧的／柔軟肌膚。／你不覺悶嗎，／講道講道？」），為擁抱情慾的女人辯護。即便遭到明治時代評論界的指謫，她依然主張情慾理當受到尊重，不該受到汙衊，因為那是戀人們的自然合體。在詩集

《亂髮》中，「罪」這個字幾乎與戀愛同義。但相愛的兩人何罪之有？在世俗眼中，大膽相愛的男女是不道德的「罪女」或「罪之子」，但無人有權定他們的罪：

以詩為證：
誰敢否決
野花之紅，
否決春心騷動
的罪女？

*

我不要梅花，
不要梅花，
不要白色的花。
桃花的顏色

不會問我的罪。

＊

誰會因我讓他的頭
以我的臂為枕
而定我罪？
我的手的白
不輸給神！

《亂髮》中出現的「神」有兩種，一種是一般意義的神或天，一種是晶子眼中的戀人。如此「高調」的愛的宣言等於對當時的社會道德觀和傳統禮教進行挑釁，抗議或批判。晶子還引領封閉保守的社會直視肉體之美，將乳房提升為女性美感或自覺的象徵：

我捧著

乳房，
輕輕踢開
神秘之帳：
紅花濃豔。

*

春天短暫，
生命裡有什麼
東西不朽？
我讓他撫弄我
飽滿的乳房。

在此之前，「乳房」一詞不曾出現於短歌中。《亂髮》一書多次出現乳房、嘴唇、皮膚、肩、髮這類象徵女性特質和性徵的字眼或意象，在晶子筆下，它們在某種程度上被賦與了女性自覺的意涵。詩中的女子以手撫摸乳房，開啟了感官世界之門，那是對情慾的好奇探索，愛之喜的自然流露。女子以手撫摸乳房，讓人想起波提切利（Botticelli，1445-1510）的畫作「維納斯的誕生」，女性的身體彷如女神般被歌讚，被神話化了。明治時代之前，女性的畫像多半是身穿華麗和服、梳著美豔髮型的歌妓舞姬，它們的美多半世故且虛假。明治時代之後，西洋藝術引進日本，充滿情慾色彩的裸體畫帶給日本藝術界極大的震撼，顯然也對晶子的創作有所啟發，《亂髮》一書（日文版）的封面——長髮女子的頭像圈於一心形框中，左上方一支箭穿髮而入——讓人聯想起慕夏（Alphonse Mucha，1860-1939）的畫作。裸體畫改變了日本人對情慾與女性性徵的看法。晶子在傳統日本的情色之美融入了西洋畫裡的肉體之美，她打破傳統詩歌的禁忌，但並未揚棄傳統詩歌的價值，她將傳統與創新，將東方與西方結合，創造出新鮮而獨特的浪漫詩作。在此之前，乳房在文學和藝術上都被視為母性的象徵，晶子透過短歌，讓日本女性重新審視自己身體的意涵，它不該只是隸屬於丈夫或家庭的傳宗接代的工具，而是自然美和性感的表徵。晶子詩中的女子允許男子撫弄自己飽滿的乳房，此一舉動形同向封閉的社會宣示對身體的自主權：她的身體不屬於任何人，她可以擺脫傳統禮教，單純地享受性愛，忠於自己的激情，因為那是足以與苦短人生抗衡的一個力量。

當然，深諳人性的晶子不會不知道男人是不可信賴的，女人在被愛過之後依然寂寞，誘惑者與受誘者內心皆難熬。她描寫處於不同空間的女人——孤寂旅店中，野地上，寺廟，城裡，家中……。她住進僧侶、歌妓、舞姬、送葬者、情婦、旅人……的心裡，寫出命運弄人的悲涼與守候愛情的孤寂，試探內心底層被壓抑的情慾渴望。她的短歌呈現給讀者一幕幕創意豐富的場景，幽微的情緒不時在含蓄的文字背後騷動：

和他倚著
欄杆，看
大堰的水流——
舞姬衣袖下襬的長度
是憂鬱的長度。

*

怎堪與他見面？

四年前他
淚滴於如今
擊打著舞姬之鼓的
我的手上。

*

額白俊美的
僧人啊，你沒
看到黃昏海棠
樹旁，作春夢的
少女的身姿？

短歌和俳句雖有歷史關聯，某些技巧也有共通之處，但兩者的差異難以歸納。傳統日本俳句往往將世界統合成一客觀實體，將動與靜，年老與青春，自然與人性，聲音與寂靜並置，交融出引發頓悟的和諧境界，晶子的短歌也企圖建構這種異中求同的和諧，但是她更著重於個人的內在情緒以及場景的戲劇性。她為短歌添加入現代的元素，開創出新局，將短歌塑造成帶有強烈個人風格和充滿戲劇性的書寫媒介，開創出各類觸及複雜心理層面（憐憫、仇恨、磨難、情慾、渴望、死亡、挫折、抗議、癲狂、懊惱、無奈……）的書寫題材。她擅長運用巧妙的意象，以外在景物勾勒出暗示意涵豐富的內心世界：

浴後
從溫泉出來，
這些衣服
太粗了，對於我的
肌膚，一如這人世。

＊

這些廢紙上
寫著我憤世怒罵的

詩篇，
我用它們壓死
一隻黑蝴蝶！

*

年輕時，我純然被
雕刻者的聲名
所吸引，但現在——
看，多美妙的
菩薩的面容！

石川啄木曾寫道：「我不再幼稚地迷戀像『詩人』這樣的強烈字眼……我不認為詩人具備任何與眾不同的特質。若他人要稱呼寫詩的人為詩人，這無所謂，但寫詩的人不能真的以為自己就是詩人，我這樣說或許並不得體，但那樣的想法會腐化他的詩作——沒有必要如此。詩人的條件有三：第一，第二和最後的條件都是他必須是一個人。他必須具備的條件不多於也不少於一個平凡人……」晶子短歌之所以動人，即是因為用精鍊的文字，從「凡人」的角度和情緒，切入世俗的題材。譬如「白百合」一輯寫晶子、登美子、鐵幹三人間微妙的關係，詩人卻以流水帳似的平凡語言，將心比心地攫住人間共通的悲愁、無奈，寡言、極簡地讓若無其事的文字演出默劇式的內心戲：

不言，
不聽，
點頭告別，
兩個人和一個人，
六日當天。

*

「從筆跡了解
我的山居

樣貌。」」

她寫給他一封

若無其事的信。

*

寫下

「京都，傷心地」後，

他起身，

俯看

白色的加茂河。

日本古代宮廷詩歌常用頭髮來暗喻女性愛戀時內心糾結的情思（譬如憤怒，挫折，困惑，嫉妒）。前述平安時代女詩人和泉式部在十一世紀前後即以亂髮為意象，寫出對戀人之思念，或已逝戀情之追憶：亂髮暗喻因愛而生的內心情緒，也暗示男歡女愛的肌膚之親。晶子也有多首詩以髮之意象寫女人的感情：

千絲萬縷的
黑髮，亂髮，
覆以混亂的
思緒，混亂的
思緒。

在這首短歌，晶子透過亂髮的意象，堆疊的語法，寥寥數語傳遞出難以理清的情愛關係，激盪於內心難以言表的強烈情緒。晶子以傳統的意象，巧喻女人的真實心境，她什麼也沒說，卻讓我們覺得她說了很多。這種點描式的敘述手法和暗示性的技巧其實是相當現代主義的，晶子的創意在當時可說是革命性的創舉。

晶子擅長透過意象暗喻內在情感，除了頭髮，琴的意象也常出現於她的詩裡。她以小琴比喻少女的胸部，以渴望被撫觸的琴絃暗喻騷動的情慾（「小琴啊，拉我的袖子／讓我成為你的情人」），以「無琴柱的細絃」比喻情感乾涸的心靈與肉身（「不要問現在的我／是否有詩，／古琴二十五絃，／我像無琴柱的細絃／如何發聲。」），更將琴音與髮絲結合，營造出聽覺、視覺與觸覺交融的內在風情：

那人未歸，
漸暗的春夜裡——
我的心
以及小琴上
亂之又亂的髮。

《亂髮》隱含有多重意涵。「亂髮」字面上的意思是散亂、不整齊、缺乏美感的頭髮，在晶子那個年代，又黑又長又直的頭髮是人人稱羨的，亂髮可能是醜或懶散或行為不檢點的代名詞。但從另一角度來看，梳理得一絲不苟的頭髮若有幾綹細髮不經意垂落，也不失為一種「凌亂自得」的美感和性感。晶子以此為書名，或許暗示她想藉由她的短歌傳達出另一種符合人性的美學價值。就晶子的生平故事和情感經驗而言，我們可將之視為躁動不安、情感糾葛的內在寫照，或勇於衝破道德枷鎖追求愛情的叛逆隱喻。再換個角度思考，凌亂是整齊的反義詞，晶子或許有意以此書名向世人宣告她想踰越或超越文學傳統的企圖心。

「秋天脆弱，／春天短暫，／如果有人／如此明確說——／我要追隨他的道！」《亂髮》裡昭示的「戀之國」的王道大概就是跨越教條，把握當下！詩人深知情雖熱、諸色雖美，但春光、此生、眾戀皆短。及時行樂之外，隨亂髮垂千年，流萬世者，其唯回憶與詩之芬芳乎。

•

一九三五年，與謝野鐵幹病逝，享年六十二。七年後（一九四二年），與謝野晶子以六十四歲之齡辭世。她一生創作了《亂髮》、《小扇》、《舞姬》、《夢之華》、《常夏》、《佐保姬》、《春泥集》、《青海波》、《從夏到秋》、《朱葉集》、《太陽與薔薇》、《草之夢》、《流星之道》、《琉璃光》、《心之遠景》、《白櫻集》等近二十冊詩集，又專注於日本古典文學作品的翻譯、評註，有《新譯源氏物語》、《新譯榮華物語》、《新譯紫式部日記／和泉式部日記》、《新譯徒然草》、《新新譯源氏物語》，和與謝野鐵幹合著的《和泉式部歌集》等問世。

一九八八年，日本導演深作欣二拍成以與謝野晶子為中心的電影《華之亂》。飾演與謝野晶子一角的吉永小百合，因此片二度得到「日本電影金像獎」最佳女主角獎（她迄今四次獲頒此獎）。網路上可以線上觀看到附中文字幕的這部電影。本篇前言裡提到的諸多人物一一躍然銀幕上——與謝野鐵幹，山川登美子，林滝野，增田雅子，石川啄木……

一方面法古，一方面創新，這正是古今四方詩人們的共相。髮黑、髮亂固非從詩集《亂髮》始，在日本一千多年和歌史上，不時可見像與謝野晶子一樣的女詩人，以大膽、精妙的語言，呈現女性對愛的執著，以及因情慾迸生的諸多幽微面向。在選譯出三三〇首《亂髮》裡的名作後，我們因此安排了一輯「延長音：古典女性短歌選」於後，譯錄了七十首從八世紀《萬葉集》首席女詩人大伴坂上郎女以降，五位經典女詩人動人的短歌作品，包括：《古今和歌集》「六歌仙」之一的九世紀美女歌人小野小町；十世紀的才女齋宮女御；十一世紀平安朝中期詩文雙姝紫式部、和泉式部。反向引領讀者溯千古長夜，上探螢火般閃爍搖曳的詩的永恆綠光——算是延長我們徹夜不勉，欲罷不能的露天短歌音樂會，在天階夜色如水的宇宙圓形劇場。安可！安可不秉燭讀詩，秉燭焚詩，秉燭行樂乎？如果剛好一滴珠璣般美與哀愁的露水或淚水滴在你的臉上、耳際（啊，來世今生的我們是上古時代、中古時代的延長音嗎？）；如果剛好你散髮，三千煩惱絲攀爬、依附於各安其位的各色短歌三十一音節的洗髮精裡——然後你知道：亂髮垂千年。情熱，戀短，詩流香。

要感謝十餘年前在花蓮慈濟大學東方語文系修習陳黎「現代詩」課的楊惟智。對詩懷抱極大熱情的他，大學後遊學日本，回來台灣後發憤持續從事日本近、現代詩的研究與翻譯。我們中譯此書，前後大概十年。惟智見我們樂在其中（或「苦」在其中？），無私地給我們資料上、見解上、實務上的奧援，是此書得以順利完成的重要推手。也要感謝在早稻田大學教授文學，多次受邀至花蓮參加詩歌節的日本女詩人蜂飼耳，這幾年寄送給我們的相關材料和寶貴意見。

二〇一三年十月．台灣花蓮

與謝野晶子《亂髮》選（二三〇首）

與謝野晶子（Yosano Akiko，1878-1942）

原名鳳晶，日本現代女詩人、短歌作者。生於大阪附近的甲斐，自幼喜好古典文學，中學時接觸現代文學，一九〇〇年加入以與謝野鐵幹為首的東京新詩社，成為「明星派」成員，之後離家到東京與鐵幹同居，並於翌年結婚。終其一生，與謝野晶子生育了十二名子女，寫作逾二十本詩集，並且將《源式物語》、《和泉式部日記》等古典日本文學名著翻成現代日文。她的第一本詩集《亂髮》出版於一九〇一年，收了三百九十九首受其與鐵幹愛情激發的短歌，嶄新的風格與大膽熱情的內容轟動了詩壇，這些短歌為傳統和歌注入新的活力，其浪漫的光環始終為日本人民所敬愛。在此處所譯《亂髮》許多短歌中，我們看到兩組事物的強烈對比：一為「講道」、「不朽」、「真善美」、「經書」……等崇高字眼，另一則為「肌膚」、「乳房」、「紅花」、「春夜」……等鮮明可感之物。與謝野晶子大膽衝破道德籓籬，為我們揭示古代現代、東方西方皆然的愛與生之真諦。第三七八首短歌：「昨夜燭光下／我們交換的／那許多情詩／豈不／太多字了？」，用德國詩人海涅（Heinrich Heine，1797-1856）的詩來說即是：「言語，言語，言語，而無任何行動！／不曾有過肉，我親愛的可人兒！——／不曾有過燉煮的麵糰——／總是靈魂！未見烤肉在其上！」原來愛，不能只吃靈而不吃肉啊！

〈臙脂紫〉

星星在
夜的帳幕盡情
私語的此刻，
下界的人
為愛鬢髮散亂。

☆夜の帳（ちゃう）にささめき盡きし星の今を下界（げかい）の人の鬢（びん）のほつれよ（1）

以詩為證：
誰敢否決
野花之紅，
否決春心騷動
的罪女？

☆歌にきけな誰れ野の花に紅き否（いな）むおもむきあるかな春罪（はるつみ）もつ子（2）

41.

髮五尺
飄水中，
有誰知
秘而不宣
少女心？

☆髪（かみ）五尺ときなば水にやはらかき少女（をとめ）ごころは秘めて放たじ（3）

血液燃燒，那夜
在夢的旅店
把手臂借你為枕：
請不要看輕
這樣的春行者。

☆血ぞもゆるかさむひと夜の夢のやど春を行く人神おとしめな（4）

我不要茶花，
不要梅花，
不要白色的花。
桃花的顏色
不會問我的罪。

☆椿それも梅もさなりき白かりきわが罪問はぬ色桃に見る（5）

二十之女，
黑髮穿流過
梳子：
何其傲慢，何其
美啊，她的春天！

☆その子二十(はたち)櫛にながるる黑髪のおごりの春のうつくしきかな（6）

殿堂鐘聲
低響的夕暮，
請你對我髮前
桃花之蕾
誦經。

☆堂の鐘のひくきゆふべを前髪の桃のつぼみに経（きやう）たまへ君（7）

夜晚的春神
不願將紫燈下
散發著紅絹光澤的
凌亂箱子，
隱藏起來。

☆紫にもみうらにほふみだれ篋(ばこ)をかくしわづらふ宵の春の神（8）

該向誰訴說：
我胭脂色，
血液沸騰
思春
旺盛之生命。

☆臙脂色は誰にかたらむ血のゆらぎ春のおもひのさかりの命（9）

你說話：
你紫色濃豔彩虹的
酒杯上，映著我
春情蕩漾的
細眉毛。

☆紫の濃き虹説きしさかづきに映（うつ）る春の子眉毛（まゆげ）かぼそき（10）

把已開封而
派不上用場的口紅
丟到海棠樹下：
眼睛無力地
看著黃昏雨。

☆海棠にえうなくときし紅（べに）すてて夕雨（ゆふさめ）みやる瞳（ひとみ）よたゆき（13）

春之國，
戀之國的標誌：
清晨
抹在我髮上的
梅花精油。

☆春の国恋の御国のあさぼらけしるきは髪か梅花(ばいくゎ)のあぶら（15）

夜神說：
「我要走了，再會。」
他的衣袖
拂過我，
我淚濕長髮。

☆今はゆかむさらばと云ひし夜の神の御裾さはりてわが髪ぬれぬ（16）

穿過祇園
到清水寺，
月光下櫻花熠熠：
美啊，今夜
我遇見的每一個人。

☆清水へ祇園をよぎる桜月夜こよひ逢ふ人みなうつくしき（18）

經書酸澀：
這個春夜，
內殿的
二十五菩薩啊，
改受我的歌吧。

☆経(きやう)はにがし春のゆふべを奥の院の二十五菩薩歌うけたまへ（20）

你說：
我們就山居
於此吧，
胭脂用盡時
桃花就開了。

☆山ごもりかくてあれなのみをしへよ紅（べに）つくるころ桃の花さかむ（21）

百合芬芳
滿室，
頭髮散開，
我感覺夜的淡紅色
正在消散。

☆とき髪に室(むろ)むつまじの百合のかをり消えをあやぶむ夜(よ)の淡紅色(ときいろ)よ（22）

夏之女神來到，
美啊
她早晨的頭髮，
流動在
藍天下的水裡。

☆雲ぞ青き來し夏姫（なつひめ）が朝の髪うつくしいかな水に流るる（23）

想把夜神
早晨乘坐離去的
羊捉起來，
藏在
小枕頭下。

☆夜の神の朝のり帰る羊とらへちさき枕のしたにかくさむ（24）

沿著岸邊走來的
放牛人啊，
對我唱歌吧，
這秋日之湖
太孤寂。

☆みぎはくる牛かひ男歌あれな秋のみづうみあまりさびしき（25）

你從不碰這
熱血洶湧的
柔軟肌膚。
你不覺悶嗎，
講道講道？

☆やは肌のあつき血汐にふれも見でさびしからずや道を說く君（26）

我身此際
不見容於這世界，
原諒我：
薄紫色的酒
太美。

☆許したまへあらずばこその今のわが身うすむらさきの酒うつくしき（27）

那人未歸，
漸暗的春夜裡——
我的心
以及小琴上
亂之又亂的髮。

☆人かへさず暮れむの春の宵ごこち小琴（をごと）にもたす乱れ乱れ髪（29）

被春雨淋濕，
你終於來到
我的草門，
黃昏的海棠花
多像突然害羞的我的臉。

☆春雨にぬれて君こし草の門(かど)よおもはれ顔の海棠の夕（31）

河水從牧場向南
蜿蜒奔流，
多相襯啊，這些
綠色的原野
和你。

☆牧場いでて南にはしる水ながしさても緑の野にふさふ君（33）

春天啊不要老去，
紫藤花開放，
在夜之舞殿
成列的少女——
啊不要瞬間老去！

☆春よ老いな藤によりたる夜(よ)の舞殿(まひどの)ゐならぶ子らよ束(つか)の間(ま)老いな（34）

65．

雨滴不停
落在白蓮的
浮葉上：
我給畫蓮的你打傘，
三尺小船上。

☆雨みゆるうき葉しら蓮(はす)絵師の君に傘まゐらする三尺の船（35）

親愛的大日如來佛啊，
群樹嫩葉間，
你的臉龐
越來越讓人
想親近。

☆御相（みさう）いとどしたしみやすきなつかしき若葉木立（わかばだち）の中（なか）の盧遮那仏（るしゃなぶつ）（36）

不要責備
這行紅淚！
你所在的位置
豈看得見永恆思念的
高度？

☆さて責むな高きにのぼり君みずや紅(あけ)の涙の永劫(えうごふ)のあと（37）

浸沐於湯池
彷彿一朵小百合花
在泉底：
多美啊，我這歷
二十夏之身體。

☆ゆあみする泉の底の小百合花二十の夏をうつくしと見ぬ（39）

紅薔薇重疊的
嘴唇啊，
不要乘載
沒有性靈之香
的歌。

☆くれなゐの薔薇(ばら)のかさねの唇に霊の香のなき歌のせますな（41）

夏夜月光下，
對著走到
旅店外水邊的
你這位僧人，
我深深地哭了。

☆旅のやど水に端居（はしゐ）の僧の君をいみじと泣きぬ夏の夜の月（42）

71.

春夜黑暗中
傳來的
甘甜的風啊，
暫且不要吹向
那女孩的髮。

☆春の夜の闇(やみ)の中(なか)くるあまき風しばしかの子が髪に吹かざれ（43）

徬徨於森林裡
渴求水的
小羊的眼神，
不是和我相像嗎，
親愛的？

☆水に飢ゑて森をさまよふ小羊のそのまなざしに似たらずや君（44）

73.

誰啊在傍晚
用東邊
生駒山上
迷路的雲，
為我占卜愛吧。

☆誰ぞ夕（ゆふべ）ひがし生駒（いこま）の山の上のまよひの雲にこの子うらなへ（45）

不要後悔
被我衣袖壓住
而折斷的你的劍：
我們的終極理想，
一朵無刺之花。

☆悔いますなおさへし袖に折れし剣（つるぎ）つひの理想（おもひ）の花に刺（とげ）あらじ（46）

請許以多一些
甜蜜私語，
如果你歸國路遠，
夜神啊，我用
口紅盤之船送你回去。

☆なほ許せ御国遠くば夜（よ）の御神（みかみ）紅盃船（べにざらふね）に送りまゐらせむれ（49）

瘋狂的我
身插火焰的
輕翅，
展開飛向你的
一百三十里慌忙旅程。

☆狂ひの子われに焰の翅かろき百三十里あわただしの旅（50）

77.

如今
回顧從前，
我的熱情
就像盲人一樣
不怕黑暗。

☆今ここにかへりみすればわがなさけ闇(やみ)をおそれぬめしひに似たり（51）

在我被允許的
早晨短暫化妝
時間裡，
對他唱歌吧
山鶯。

☆ゆるされし朝よそほひのしばらくを君に歌へな山の鶯（54）

低聲說晚安，
春夜，退出
你的房間，
我把衣架上你的衣服
披在自己身上。

☆ふしませとその間さがりし春の宵衣桁にかけし御袖かつぎぬ（55）

京都的早晨，
我把亂髮
梳成島田髷，
搖醒
還臥著的你。

☆みだれ髪を京の島田にかへし朝ふしてゐませの君ゆりおこす（56）

譯註：島田髷，日本舊時流行的一種女性髮型，多為年輕女性、未婚女子或藝妓、遊女等職業的女性所梳結。

紫色的身影
落在小草上，
今晨行過田野
春風一路
梳理我髮。

☆紫に小草(をぐさ)が上へ影おちぬ野の春かぜに髪けづる朝（58）

把花陽傘
丟到對岸草地，
涉水渡過
小川，
春水微溫。

☆絵日傘をかなたの岸の草になげわたる小川よ春の水ぬるき（59）

不戴草笠
趕兩百里之路，
唯一的願望是
將我的詩
染在一面白牆。

☆しら壁へ歌ひとつ染めむねがひにて笠はあらざりき二百里の旅（60）

只要折一枝
野梅
即已足矣，
這一時
一時的別離。

☆ひと枝の野の梅をらば足りぬべしこれかりそめのかりそめの別れ（63）

杜鵑鳴叫，
到嵯峨一里，
到京城三里：
清瀧川的水
讓夜早早天明。

☆ほととぎす嵯峨へは一里京へ三里水の清瀧（きよたき）夜の明けやすき（66）

譯註：這首詩音調鏗鏘，充滿輕快與清涼的感覺，地名與量詞的使用皆甚可愛。京城指京都。清瀧，即今之清滝，京都市右京區清滝川與保津川合流點。嵯峨為京都市右京區知名觀光地。

我捧著
乳房，
輕輕踢開
神秘之帳：
紅花濃豔。

☆乳ぶさおさへ神秘(しんぴ)のとばりそとけりぬここなる花の紅(くれなゐ)ぞ濃き（68）

啊，孤單單的一隻
紫色袖子，你不跟上來
到這神的背上
更廣闊地
眺望愛嗎？

☆神の背にひろきながめをねがはずや今かたかたの袖ぞむらさき（69）

譯註：與謝野鐵幹曾在一九〇一年九月號《明星》雜誌評此詩說，這首詩的說話者是女子已披在戀人（「神」）背上的一隻袖子，它向另一隻仍垂掛著的袖子呼喊，希望它趕快到戀人肩膀另一頭來，讓它們合體、共享更遼闊的愛。

對故鄉來人
我只敢問
鄰家宅地上
紫藤花
開得如何。

☆郷人（さとびと）にとなり邸（やしき）のしら藤の花はとのみに問ひもかねたる（73）

89 .

與他並立在
他母親墓前，
供上一束樒枝，
有實無名的妻子，
我流下媳婦之淚。

☆人にそひて樒（しきみ）ささぐるこもり妻（づま）母なる君を御墓（みはか）に泣きぬ（74）

傍晚的月亮
照著花開的田野，
我感覺你
似在某處等我，
所以我來了。

☆なにとなく君に待たるるここちして出でし花野の夕月夜かな（75）

浴後
從溫泉出來，
這些衣服
太粗了，對於我的
肌膚，一如這人世。

☆ゆあみして泉を出でしやははだにふるるはつらき人の世のきぬ（77）

從和服袖子
兩尺長的薄紗
滑落：螢火蟲
被藍色的晚風
吹到空中。

☆うすものの二尺のたもとすべりおちて蛍ながるる夜風(よかぜ)の青き（79）

在一條無名的
美麗小溪旁
獨自過一夜——
夏日的黎明，
四野何其空曠！

☆恋ならぬめざめたたずむ野のひろさ名なし小川のうつくしき夏（80）

心煩意亂，
我走到園中
看牡丹——
那不安的蝴蝶，也
來此以你為眠床嗎？

☆おりたちてうつつなき身の牡丹見ぬそぞろや夜を蝶のねにこし（82）

她噙淚
向我求憐，
我眼睛所見，唯
映在水上孤寂的
陰曆二十之月。

☆その涙のごふゑにしは持たざりきさびしの水に見し二十日月（はつかづき）（83）

譯註：更待月、二十日月——陰曆二十之月。到了打更的時候，月總算出來了的意思。於亥之正刻（午後十時）左右升起，因此又稱亥中之月。此詩隱隱指向《亂髮》第三輯「白百合」中不時提及的與謝野晶子、山川登美子和謝野鐵幹間的三角戀。詩中的「她」殆指山川登美子。

是愛或是血？
我所有春思
盡集於此牡丹——
黃昏獨自一人，
無力寫詩。

☆恋か血か牡丹に尽きし春のおもひとのゐの宵のひとり歌なき（88）

97 .

長夜不寧，
我的亂髮
拂琴，
春來已三月，未聞
琴音自我指下響起。

☆春三月柱おかぬ琴に音たてぬふれしそぞろの宵の乱れ髪（90）

我會多有感覺啊，
如果他說的是
「我從一百二十里外
趕來——
寂寞難熬啊！」

☆さびしさに百二十里をそぞろ来ぬと云ふ人あらばあらば如何ならむ（93）
譯註：此詩回應與謝野鐵幹一九〇〇年十一月發表之詩作——「秋風／不只帶給你一人／悲傷；／一百多里遠，／我是否該來看你」。

你可知
是誰在秋寒的
大阪旅店
咬袖
讀你的詩？

☆君が歌に袖かみし子を誰と知る浪速の宿は秋寒かりき（94）

不要問現在的我
是否有詩，
古琴二十五絃，
我像無琴柱的細絃
如何發聲。

☆今の我に歌のありやを問ひますな柱なき纖絃これ二十五絃（96）

101 .

神的旨意啊
我生已終了：
聽，琴被斧頭
擊碎的聲音，
命運的聲響。

☆神のさだめ命のひびき終（つひ）の我世琴（こと）に斧（をの）うつ音ききたまへ（97）

你和我，人兩人，
對詩笑認
無才兩字：
我們兩萬年的戀情
是長是短？

☆人ふたり無才(ぶさい)の二字を歌に笑みぬ恋(こひ)二万年(ねん)ながき短き（98）

〈蓮花船〉

划船賞蓮去，
歸來天已暮：
僧人啊，
我想問你
是紅蓮多還是白蓮多？

☆漕ぎかへる夕船(ゆふぶね)おそき僧の君紅蓮(ぐれん)や多きしら蓮(はす)や多き（99）

身姿細弱，盛夏正午
猝然燦紅綻放的
夏花般
孕育著戀的
這女孩。

☆夏花のすがたは細きくれなゐに真昼(まひる)いきむの恋よこの子よ（102）

濃密的春雲
環繞著
少女和僧人，
一縷髮絲從她肩頭
滑落經書上。

☆肩おちて経(きやう)にゆらぎのそぞろ髪をとめ有心者(うしんじゃ)春の雲こき（103）

沐浴罷
妝扮，
我也曾無邪地笑看
穿衣鏡中的自己——
昨日已遠？

☆ゆあがりのみじまひなりて姿見に笑みし昨日（きのふ）の無きにしもあらず（107）

把男偶女偶
收進一個箱子，
闔上蓋子，無緣由地
歎氣：該對
桃花保密嗎？

☆ひとつ箧(はこ)にひひなをさめて蓋(ふた)とぢて何となき息(いき)桃にはばかる（109）

奈良旅店旁
翠綠的嫩葉下
我偷瞄了一眼：
難忘他眉上的
細黑紋！

☆ほの見しは奈良のはづれの若葉宿（わかばやど）うすまゆずみのなつかしかりし（110）

不知名的花豔紅地
綻放著的
原野小道上，
為什麼要趕路呢，
撐小傘的人啊。

☆紅（あけ）に名の知らぬ花さく野の小道（こみち）いそぎたまふな小傘（をがさ）の一人（ひとり）（111）

小船順流而下，
昨夜就著月光
題詩其上的
那佛堂的牆，
已看不見，看不見了。

☆くだり船昨夜(よべ)月かげに歌そめし御堂(みどう)の壁も見えず見えずなりぬ（112）

老師你
患了眼疾，
我把白菊花
移到你
草庵的庭院。

☆師の君の目を病みませる庵（いほ）の庭へうつしまゐらす白菊の花（113）

這些廢紙上
寫著我憤世怒罵的
詩篇，
我用它們壓死
一隻黑蝴蝶！

☆のろひ歌かきかさねたる反古（ほご）とりて黒き胡蝶をおさへぬるかな（119）

額白俊美的
僧人啊，你沒
看到黃昏海棠
樹旁，作春夢的
少女的身姿？

☆額（ぬか）しろき聖よ見ずや夕ぐれを海棠に立つ春夢見（はるゆめみ）姿（すがた）（120）

聽見笛音
那抄寫法華經的
僧人停下手，
皺眉——
啊，年紀還輕！

☆笛の音に法華経うつす手をとどめひそめし眉よまだうらわかき（121）

115 .

母親在死者床邊
唸經祭弔，
她身旁
幼兒的小腳，
真美。

☆母なるが枕経（まくらぎゃう）よむかたはらのちひさき足をうつくしと見き（123）

因我的歌
而濕了眼眶的
那人，
離去
已十日。

☆わが歌に瞳（ひとみ）のいろをうるませしその君去りて十日たちにけり（124）

這把小扇
扇出多少
懷念的風——
開開闔闔，
扇軸幾已磨爛。

☆かたみぞと風なつかしむ小扇のかなめあやふくなりにけるかな（125）

真羨慕，
春江船上這少年郎，
邊唱歌
邊想著昨夜
旅店韻事。

☆春の川のりあひ舟のわかき子が昨夜の泊の唄ねたましき（126）

別哀嘆，
快上路，
今夜，會有別的
柔軟的手，等著
為你寬衣。

☆泣かで急げやは手にはばき解くゑにしゑにし持つ手の夕を待たむ（127）

香煙嫋嫋
繚繞於
亡友髮際，
那黑髮，在她生前
曾令我妒羨。

☆あるときはねたしと見たる友の髪に香の煙のはひかかるかな（133）

121 .

白日旅店外
一顆梅子
掉落到我琴上，
你在附近清水邊
詠詩。

☆琴の上に梅の実おつる宿の昼よちかき清水に歌ずする君（138）

假寐中的你，
身旁
旅行袋裡的
情詩集
是舊的或新的？

☆うたたねの君がかたへの旅づつみ恋の詩集の古きあたらしき（139）

倚門賣菖蒲的
女孩，
她髮上
晨間薄霧的氣味
多香啊。

☆戸に倚りて菖蒲(あやめう)売る子がひたひ髪にかかる薄靄(うすもや)にほひある朝（140）

誰會因我讓他的頭
以我的臂為枕
而定我罪？
我的手的白
不輸給神！

☆人の子にかせしは罪かわがかひな白きは神になどゆづるべき（143）

春日，
戀人們
倚著白牆，
孤獨的旅人在一旁：
紫藤逐漸暗下。

☆春の日を恋に誰れ倚るしら壁ぞ憂きは旅の子藤たそがるる（147）

現在我知道
油痕是
島田髷髮型女孩所留：
李花散落
牆上。

☆油(あぶら)のあと島田のかたと今日(けふ)知りし壁に李(すもゝ)の花ちりかかる（148）

他的手撫著
我的頸，低聲私語：
清晨的紫藤——
我無能挽留他，
我的一夜情人。

☆うなじ手にひくきささやき藤の朝をよしなやこの子行くは旅の君（149）

下品、上品
諸佛啊，
你們以為
我吟誦這些經書
全無苦惱嗎？

☆まどひなくて経ずする我と見たまふか下品の仏上品の仏（150）

我倚著
冰冷的柱子
背誦他的詩：
秋雨直落的
夜裡。

☆人の歌をくちずさみつつ夕よる柱つめたき秋の雨かな（153）

俊美的船夫載著
年輕的僧人——
噢，我妒恨
賞蓮船上那一瀉
而下的月光。

☆男（をとこ）きよし載するに僧のうらわかき月にくらしの蓮（はす）の花船（はなぶね）（158）

對於念經來說，太年輕的
僧人的聲音：
朦朧月光下，
兄長划著歸去的
賞蓮船上。

☆経にわかき僧のみこゑの片明(かたあか)り月の蓮船(はすぶね)兄こぎかへる（159）

剪浮葉時
衣袖浸濕了，
用滴落的紅水珠
澆白蓮，
教它愛情。

☆浮葉きるとぬれし袂の紅（あけ）のしづく蓮（はす）にそそぎてなさけ教へむ（160）

青春的唇
試探性地
觸吻著白蓮花：
冰涼啊
滴滴露珠。

☆こころみにわかき唇ふれて見れば冷かなるよしら蓮の露（161）

摘白色的
水藻花時，
薄衣裳的袖子被
山泉浸濕了，
藏在裡頭的信也濕了。

☆藻の花のしろきを摘むと山みづに文がら濡(ひ)ぢぬうすものの袖（163）

柿子花散落在
你穿著的
浴衣上，當你
在畫一隻
站在樹下的小牛。

☆牛の子を木かげに立たせ絵にうつす君がゆかたに柿の花ちる（164）

又錯了！
那一刻，我原以為
我看到了他的臉——
但你們這些
愛作怪的小愛神！

☆おもざしの似たるにまたもまどひけりたはぶれますよ恋の神々（かみ）（166）

因五月雨
築台崩毀的
鳥羽殿：
西北的池子裡
澤瀉開花了。

☆五月雨に築土（ついぢ）くづれし鳥羽殿（とばどの）のいぬゐの池におもだかさきぬ（167）

用燕子翅膀上
滴落的春雨，
梳理我
早晨睡醒的
亂髮吧。

☆つばくらの羽(はね)にしたたる春雨をうけてなでむかわが朝寝髪（168）

和服袖子
三尺長，
紫色帶子未繫上，
假如你敢，
拉開它！

☆八つ口をむらさき緒もて我れとめじひかばあたへむ三尺の袖（170）

層塔旁
春風中，櫻花
紛紛落——
我要把詩寫在風中
那些鴿子翅膀上！

☆春かぜに櫻花ちる層塔（そうたふ）のゆふべを鳩の羽（は）に歌そめむ（171）

譯註：層塔，多層的佛塔。

連欄杆上
那隻袖子都重起來的
別離：
鞍馬山上
有霞西流。

☆おばしまのその片袖ぞおもかりし鞍馬を西へ流れにし霞（173）

〈白百合〉

月夜，蓮池旁
憑欄的你：
好美，我不會忘記
你寫在蓮葉
背面的詩。

☆月の夜の蓮（はす）のおばしま君うつくしうら葉の御歌（みうた）わすれはせずよ（175）

月光朦朧：
今夜，白蓮
不會被長髮的
兩少女
所迷嗎？

☆たけの髪をとめ二人（ふたり）に月うすき今宵しら蓮（はす）色まどはずや（176）

☆おもひおもふ今のこころに分ち分かず君やしら萩われやしら百合（178）

彼此心思如此
專注於對方，
我現在無法區分
白萩的你，與
白百合的我。

在西京的旅店
我先說了：
「我們三人，
這世間
落魄三兄妹！」

☆三たりをば世にうらぶれしはらからとわれ先づ云ひぬ西の京の宿（180）

譯註：一九〇〇年十一月，與謝野鐵幹、與謝野晶子、山川美登子三人在京都賞楓，當時鐵幹原本和妻子林滝野的娘家約好要當林家養子，但妻子生下小孩後，鐵幹希望小孩姓「與謝野」，被林家所拒，開始與林家交惡；此時登美子被父親命令與同族山川駐七郎結婚，而晶子則因幫忙照顧老家和菓子店而倍感煩累，三人在京都互吐煩惱。

今晚，他將枕著
不會對神讓步的
我的柔軟手臂：
我不違背
白百合之夢！

☆今宵まくら神にゆづらぬやは手なりたがはせまさじ白百合の夢（181）

起碼在夢中
我會成全她的心願，
對著身旁入睡的
愛人，我低誦她
百合滴露之詩。

☆夢にせめてせめてと思ひその神に小百合の露の歌ささやきぬ（182）

譯註：與謝野晶子的密友山川登美子（1879-1909）當初也是她的情敵，她與晶子並稱「明星」雙秀，但最終晶子擄獲了鐵幹。登美子友人稱她為「白百合」，稱晶子為「白萩」。登美子在一首短歌中寫道：「百合與白萩同奉一神」，而在另一首短歌中寫說：「蒼白的月光下／我呼喚愛人之名，／百合在泉邊／顫抖，露珠／垂落。」

「朋友的腳
很冷。」
旅途的早晨
我無心地對
我的年輕老師說。

☆友のあしのつめたかりきと旅の朝わかきわが師に心なくいひぬ（184）

從隔壁房間
不時流洩出
你的氣息：
那晚我夢見
我抱著白梅。

☆ひとまおきてをりをりもれし君がいきその夜しら梅だくと夢みし（185）

譯註：「白梅」指與謝野鐵幹。本名與謝野寬的與謝野鐵幹，在《與謝野寬短歌全集》末尾年譜一八八五年一欄裡寫說「我愛梅花，因此以鐵幹為雅號」。日語鐵幹為「梅樹之幹」之意。

不言，
不聽，
點頭告別，
兩個人和一個人，
六日當天。

☆いはず聴かずただうなづきて別れけりその日は六日二人(ふたり)と一人(ひとり)（186）

譯註：此詩記一九〇〇年十一月六日晶子和登美子在京都車站送別與謝野鐵幹之事。

我們會變成星星
相逢，在那之前
不要憶起
同在一條被裡
我們聽見的秋聲。

☆星となりて逢はむそれまで思ひ出でな一つふすまに聞きし秋の声（188）

然而我記得
一度
百合花以其
炫眼之白
統治了夏日的田野。

☆さはいへどそのひと時よまばゆかりき夏の野しめし白百合の花（193）

朋友二十歲，
大兩歲的我
對她傳遞
愛戀之意，
應該相襯吧。

☆友は二十ふたつこしたる我身なりふさはずあらじ恋と伝へむ（194）

譯註：此詩寫作時間為明治三十三年（一九〇〇年）。與謝野晶子，一八七八年生；山川登美子，一八七九年生。

155.

去年秋天
三人在此投米櫧籽
餵池中鯉魚：
如今，冷冷晨風中
只你和我手牽手。

☆秋を三人（みたり）椎の実なげし鯉やいづこ池の朝かぜ手と手つめたき（196）

天空啊
若狹在北邊，
西京山上
沒有可以載我
前去的雲嗎？

☆かの空よ若狭は北よわれ載せて行く雲なきか西の京の山（197）

請到你家溪邊，
找一朵
能忍受
若狹之雪的
紅花！

☆ひと花はみづから渓にもとめきませ若狭の雪に堪へむ紅（くれなゐ）（198）

譯註：若狹，在今福井縣西南部，山川登美子的故鄉。此詩是與謝野晶子在京都和山川登美子分別時所作，回應登美子所寫一首表明放棄謝野鐵幹的短歌──「把所有的紅花／留給我的朋友：／不讓她知道，／我哭著採擷／忘憂之花。」登美子此詩發表於一九〇〇年十一月的《明星》雜誌。

「從筆跡了解
我的山居
樣貌。」
她寫給他一封
若無其事的信。

☆『筆のあとに山居（やまゐ）のさまを知りたまへ』人への人の文さりげなき（199）

寫下
「京都，傷心地」後，
他起身，
俯看
白色的加茂河。

☆京はもののつらきところと書きさして見おろしませる加茂の河しろき（200）

忘了自己的承諾，
他走向溪谷
追尋記憶：
春日淡陽下
他的背影細弱。

☆わすれては谿へおりますうしろ影ほそき御肩(みかた)に春の日よわき（203）

此日此刻
聽見京都的鐘聲，
此日此刻
忘我地
為兩個人哭泣。

☆京の鐘この日このとき我れあらずこの日このとき人と人を泣きぬ（204）

「去琵琶湖吧」
他說，「去翻越
山嶺」——
秋日三人，
他心神不寧。

☆琵琶の海山ごえ行かむいざと云ひし秋よ三人(みたり)よ人そぞろなりし（205）

京都，秋天：
低頭深視著水，
我咬破小指，
血滴下，
人冷顫。

☆京の水の深み見おろし秋を人の裂きし小指（をゆび）の血のあと寒き（206）

比山蓼更紅豔——
梅花啊
收斂些，
當心
神的懲罰！

☆山蓼のそれよりふかきくれなゐは梅よはばかれ神にとがおはむ（207）

〈二十歲妻〉

被露水滴醒，
舉目——
原野的顏色
立刻成為
夢的紫彩虹。

☆露にさめて瞳（ひとみ）もたぐる野の色よ夢のただちの紫の虹（211）

只是一絲雲
近乎透明的，
從頭上飄過——
卻有如一首聖歌
引我上路。

☆何となきただ一ひらの雲に見ぬみちびきさとし聖歌（せいか）のにほひ（213）

把丟進
深淵裡的聖經
重新拾起，
仰天而泣——
困惑的我。

☆淵の水になげし聖書を又もひろひ空仰ぎ泣くわれまどひの子（215）

神在此
也放棄其神力：
對口紅味
興趣盎然的
盲目少女。

☆神ここに力をわびぬとき紅(べに)のにほひ興(きょう)がるめしひの少女(をとめ)（217）

雖瘦，
手臂裡的血液
依然年輕——
神啊，不要以為
我因罪而哭泣。

☆痩せにたれかひもなる血ぞ猶わかき罪を泣く子と神よ見ますな（218）

少年人啊，
你難道不夢想愛，
不渴求愛嗎？
難道沒看見這些
紅唇？

☆おもはずや夢ねがはずや 若人(わかうど)よもゆるくちびる君に映(うつ)らずや（219）

那年輕僧人
初見我時
流下的淚，
我好奇
是苦是甜？

☆あまきにがき味うたがひぬ我を見てわかきひじりの流しにし涙（221）

我平伏於地，
血紅胸熱，
散發
青春的體香，
連神也靠過來。

☆ひとつ血の胸くれなゐの春のいのちひれふすかをり神もとめよる（226）

胸中的清水
滿溢，
終成濁水——
你是罪之子，
我亦罪之子。

☆むねの清水あふれてつひに濁りけり君も罪の子我も罪の子（228）

想喚醒
春日窗邊
打盹的年輕僧侶——
長袖拂過，
經書崩解。

☆うらわかき僧よびさます春の窓ふり袖ふれて経くづれきぬ（229）

兩個月裡
在京都三本木旅店
所做者唯寫詩，
加茂川的千鳥啊，
我不再有愛！

☆ふた月を歌にただある三本樹（さんぼんぎ）加茂川千鳥恋はなき子ぞ（232）

夕暮時，
在隱於花叢裡的
小狐狸柔皮上
發出聲響的
北嵯峨的鐘聲。

☆夕ぐれを花にかくるる小狐のにこ毛にひびく北嵯峨の鐘（234）

我夢見的就是這些
灰綠的，薄弱的
夢：原諒我，旅人，
我沒有什麼故事
可取悅你。

☆見しはそれ緑の夢のほそき夢ゆるせ旅人かたり草なき（235）

胸與胸
心思各異，
松風相同的
吹過我友臉頰，
吹過我的臉頰。

☆胸と胸とおもひことなる松のかぜ友の頬を吹きぬ我頬を吹きぬ（236）

摘野玫瑰，
一些裝飾頭髮，
一些拿在手上，
在田野等你，長日漫漫
久久地等你。

☆野茨（のばら）をりて髪にもかざし手にもとり永き日野辺に君まちわびぬ（237）

去年秋天
是她——
倚著這柱子，
想起別離時你詩中
寫的那些梅花。

☆秋を人のよりし柱にとがぬあり梅にことかるきぬぎぬの歌（241）

我們兩人
是京都山裡的
紅梅白梅——
知道嗎，在春天
夢著相同的夢。

☆京の山のこぞめしら梅人ふたりおなじ夢みし春と知りたまへ（242）

寫著短歌
睡著了：
昨夜我夢見
《梶之葉》作者
美麗黑髮的顏色。

☆歌にねて昨夜（よべ）梶の葉の作者見ぬうつくしかりき黑髮の色（245）

譯註：祇園梶子（生卒年不詳），江戶時代中期的短歌作者，京都祇園八坂神社附近茶店店主。寶永三年（一七〇六年）有短歌集《梶之葉》出版。

春夜，
月光下鑽進
下京口紅屋的
男子，
真可愛。

☆下京や紅屋が門をくぐりたる男かわゆし春の夜の月（246）

譯註：下京，京都的一個區域。

白梅仍在
袖上，水池的
香氣仍在內衣裡，
雖然只是暫別，
你呀再見再見啊。

☆しら梅は袖に湯の香は下のきぬにかりそめながら君さらばさらば（248）

二十年
薄倖荒蕪人生後，
我願相信
夢想至少
如今將實現。

☆二十（はた）とせの我世の幸（さち）はうすかりきせめて今見る夢やすかれな（249）

二十年人生苦澀
迴響其間，
他哭著
讀我的詩篇，
那年夏天在大阪。

☆二十とせのうすきいのちのひびきありと浪華の夏の歌に泣きし君（250）

你把往事帶進
夢裡，
我以衣覆頭，
瞥見壁龕上的梅花——
我恨那梅花！

☆かつぐきぬにその間(ま)の床(とこ)の梅ぞにくき昔がたりを夢に寄する君（251）

那終竟是
不存於夢裡的
虛幻故事，
你何時會熄掉
其中燈火？

☆それ終に夢にはあらぬそら語り中（なか）のともしびいつ君きえし（252）

你離去前，
我們駐足幽暗的
黃昏，
在柱子上
寫一首白萩的詩。

☆君ゆくとその夕ぐれに二人して柱にそめし白萩の歌（253）

他的信告訴我
愛已褪色，
病而弱，我
仍然，仍然
戀著他。

☆なさけあせし文みて病みておとろへてかくても人を猶恋ひわたる（254）

今日我的歌
已酬謝
戀愛之神，
緣分之神何時
受我之歌呢？

☆恋の神にむくいまつりし今日の歌ゑにしの神はいつ受けまさむ（258）

仍在
追求真
善美嗎？
噢愛人，我手上這朵花
紅得眩目。

☆かくてなほあくがれますか眞善美わが手の花はくれなゐよ君（259）

千絲萬縷的
黑髮，亂髮，
覆以混亂的
思緒，混亂的
思緒。

☆くろ髪の千すぢの髪のみだれ髪かつおもひみだれおもひみだるる（260）

春逝，
一絃一柱
令人悲——
閃爍的燈影中
我的長髮究有多長。

☆行く春の一絃一柱におもひありさいへ火かげのわが髪ながき（264）

身穿透明薄紗的
我，燈火映照下
被你看見，
可恨得令人
想詛咒！

☆あえかなる白きうすものまなじりの火かげの栄(はえ)の咀(のろ)はしき君（267）

斗笠裡
當有歌！
我強迫我愛出走遊吟：
生駒、葛城的嫩葉，
散發出你們的香味吧！

☆すげ笠にあるべき歌と強ひゆきぬ若葉よ薫(かを)れ生駒葛城(いこまかつらぎ)（271）

譯註：生駒、葛城，皆奈良縣地名。

197 .

紫雲
低低
飄浮天空，
牡丹有夢，
白日寂靜。

☆裾たるる紫ひくき根なし雲牡丹が夢の真昼しづけき（272）

背離神
指示的
綠色學宮，
今夜我摘取
紫羅蘭。

☆みどりなるは学びの宮とさす神にいらへまつらで摘む夕すみれ（275）

我無法忍受，夜夜
你未被撫弄的琴紘
發出的嘆息，
小琴啊，拉我的袖子
讓我成為你的情人。

☆そら鳴りの夜ごとのくせぞ狂(くる)ほしき汝(なれ)よ小琴(をごと)よ片袖かさむ（琴に）（276）

他站立門邊，
黃昏裡
呼喚去年死去的
我姊姊的名字——
我憐惜他！

☆去年（こぞ）ゆきし姉の名よびて夕ぐれの戸に立つ人をあはれと思ひぬ（278）

201 .

十九歲的我
已見
紫羅蘭變白，
春水轉枯，
此生倏忽。

☆十九（つづ）のわれすでに菫を白く見し水はやつれぬはかなかるべき（279）

白牡丹紅牡丹
盡落，
皺亂一地，
五禪寺中
唯聞僧人之辯。

☆白きちりぬ紅きくづれぬ床(ゆか)の牡丹五山(ざん)の僧の口おそろしき（281）

秋天脆弱，
春天短暫，
如果有人
如此明確說——
我要追隨他的道！

☆秋もろし春みじかしをまどひなく説く子ありなば我れ道きかむ（283）

你引誘我來，
卻不理會我的手
——它想碰你而
不能：啊你衣服的
味道，暗中之香。

☆さそひ入れてさらばと我手はらひます御衣（みけし）のにほひ闇（やみ）やはらかき（284）

205 .

經過河邊我家
門前，小雨中
兩人騎馬過柳原，
其中一人的馬
很白很白。

☆河ぞひの門（かど）小雨ふる柳はら二人（ふたり）の一人（ひとり）めす馬しろき（286）

「詩當如是，
讀後熱血晃動！」
對如此說的朋友
我面露微笑，內心
卻感寂寞。

☆歌は斯くよ血ぞゆらぎしと語る友に笑まひを見せしさびしき思（287）

「事到如今，
為何你心生
膽怯？」我閉上
眼睛，往你
懷裡飛去。

☆『いまさらにそは春せまき御胸なり』われ眼をとぢて御手にすがりぬ（291）

我的朋友
在鬱悶的盡頭
發現詩，
而召喚我的
是黑衣死神。

☆その友はもだえのはてに歌を見ぬわれを召す神きぬ薄黒き（292）

不要將同情
加諸於我，
說你想看
有罪的我
發瘋的盡頭！

☆そのなさけかけますな君罪の子が狂ひのはてを見むと云ひたまへ（293）

雖然愛是
脆弱的，短暫的，
我太年輕，
無法將這些
春天的詩燒掉。

☆もろかりしはかなかりしと春のうた焚くにこの子の血ぞあまり若き（295）

因暑熱變瘦的
我，是嫉妒的
二十歲人妻，
在鄉里夏日，聽你說
你的京都韻事。

☆夏やせの我やねたみの二十妻（はたちづま）里居（さとゐ）の夏に京を説く君（296）

善妒的人妻，
我窩在房間，為
我的詩集選詩，
五月的我倆的
家，依然美麗！

☆こもり居に集(しう)の歌ぬくねたみ妻五月(さつき)のやどの二人(ふたり)うつくしき（297）

〈舞姬〉

和他倚著
欄杆，看
大堰的水流——
舞姬衣袖下襬的長度
是憂鬱的長度。

☆人に侍る大堰の水のおばしまにわかきうれひの袂の長き（298）

晨雨微微，
你遮掩著小鼓
前行，長長的衣袖上
一段段不同的
亮麗顏色。

☆朝を細き雨に小鼓（こづつみ）おほひゆくだんだら染の袖ながき君（300）

她前髮上
綁的桃瓣形
粉紅繩結，
顏色好像
不夠鮮豔！

☆桃われの前髪ゆへるくみ紐やときいろなるがことたらぬかな（303）

淺黃質地，
扇子圖案的
京都印染的和服，
九尺的衣帶
比袖子長。

☆浅黄地に扇ながしの都染（みやこぞめ）九尺のしごき袖よりも長き（304）

在早晨的京都
順流而下的
春日小舟上
打瞌睡的舞姬，
姿態真美啊。

☆舞姫のかりね姿ようつくしき朝京くだる春の川舟（307）

在幽暗的
春之迴廊，
用舞衣的袖子掩住
差點叫出的聲音
——是他呢！

☆舞ぎぬの袂に声をおほひけりここのみ闇の春の廻廊（わたどの）（309）

哪能真的狠心地
把他打下去呀，
高舉的衣袖
就順勢在夜裡
化做舞姿吧！

☆まこと人を打たれむものかふりあげし袂このまま夜をなに舞はむ（310）

同樣一首〈京都四季〉
被要求唱
三遍、四遍：
爺兒們，
不累嗎？

☆三たび四たびおなじしらべの京の四季おとどの君をつらしと思ひぬ（311）

怎堪與他見面？
四年前他
淚滴於如今
擊打著舞姬之鼓的
我的手上。

☆四とせまへ鼓うつ手にそそがせし涙のぬしに逢はれむ我か（314）

那時候啊，還
無法抱起
大鼓，只覺得
能穿上美麗的舞姬之衣
是件快樂的事！

☆おほづつみ抱(かく)へかねたるその頃よ美(よ)き衣(きぬ)きるをうれしと思ひし（315）

223 .

已習慣了，
千鳥啼叫的河岸邊，
隨著鼓的節拍
在入夜的寒風中
往前行。

☆われなれぬ千鳥なく夜の川かぜに鼓拍子(つづみびゃうし)をとりて行くまで（316）

讓穿著華服的
京都舞姬坐下：
展開絲絹，
打開畫具——
春夜，雨落。

☆よそほひし京の子すゑて絹(きぬ)のべて絵の具とく夜を春の雨ふる（318）

〈春思〉

行將遲暮的青春
仍燒著——迫切地，
就這樣讓其
繼續燃燒吧，
我如是想。

☆いとせめてもゆるがままにもえしめよ斯くぞ覚ゆる暮れて行く春（320）

春天短暫，
生命裡有什麼
東西不朽？
我讓他撫弄我
飽滿的乳房。

☆春みじかし何に不滅の命ぞとちからある乳を手にさぐらせぬ（321）

你聽到年輕女孩
胸部的小琴
發出的聲音嗎？
旅人啊，今夜
我將把手臂借你為枕。

☆わかき子が胸の小琴の音（ね）を知るや旅ねの君よたまくらかさむ（324）

你和我
在松蔭下
再次相見——
不要再埋怨
緣份之神了。

☆松かげにまたも相見る君とわれゑにしの神をにくしとおぼすな（325）

譯註：此首短歌回應與謝野鐵幹一九〇〇年十月發表之作——「與頭髮放下來的／昔日的你／一別十年／我們相見的緣分／太淺了啊。」

千年前
我們別離
抑或昨日？
我感覺你的手
仍在我肩上。

☆きのふをば千とせの前の世とも思ひ御手なほ肩に有りとも思ふ（326）

你說詩是你
酒醉時的遊戲，
用墨就可以塗掉，
但即使這樣，
它也不會消失！

☆歌は君酔ひのすさびと墨ひかばさても消ゆべしさても消ぬべし（327）

他出浴後
唯恐他著涼，
我讓他披上我
臙脂紫外衣——
他看起來多美啊！

☆湯あがりを御風（みかぜ）めすなのわが上衣（うはぎ）ゑんじむらさき人うつくしき（329）

鬢髮的香氣
沾染在棉被邊緣的
白色絲綢上，
那上面
並非無詩可寫。

☆しら綾に鬢の香しみし夜着(よぎ)の襟そむるに歌のなきにしもあらず（331）

233 .

黃昏霧濃
天暗，燭油
滴盡，
意外啊，我的神
那夜如此之美。

☆夕ぐれの霧のまがひもさとしなりき消えしともしび神うつくしき（332）

我燃燒的嘴巴
能含什麼呢？
他曾咬破小指要我
吻其血當口紅。
那血現在已乾涸。

☆もゆる口になにを含まむぬれといひし人のをゆびの血は涸れはてぬ（333）

譯註：此首短歌回應與謝野鐵幹一九〇〇年九月發表之作——「京都的口紅／不適合你，／用我咬破的／小指之血／塗在你嘴唇！」

我祈願
把有毒的蜜
塗在追求
愛情的
少年唇上。

☆人の子の恋をもとむる唇に毒ある蜜をわれぬらむ願ひ（334）

三年了，
我不看他的名字，
不讀他的詩：
我的心何其
何其脆弱！

☆ここに三とせ人の名を見ずその詩よます過すはよわきよわき心なり（335）

粉紅的晨霧
瀰漫梅花燦開的
溪谷：
啊，多美的山丘，
多美的我。

☆梅の渓の靄(もや)くれなゐの朝すがた山うつくしき我れうつくしき（336）

在京都的山裡度過
春寒的
兩日：
和梅花不相襯的
我的亂髮。

☆春寒（はるさむ）のふた日を京の山ごもり梅にふさはぬわが髪の乱れ（341）

西京春寒的
早晨：借你的
歌筆塗口紅，
發現筆尖
結凍了。

☆歌筆を紅(べに)にかりたる尖凍(さきい)てぬ西のみやこの春さむき朝（342）

春夜，輕輕地
撞一下鐘：
從鐘樓上
驚惶走下廟堂
二十七階樓梯。

☆春の宵をちひさく撞きて鐘を下りぬ二十七段堂のきざはし（343）

你別把
怨恨的詩
寫在我一邊想你
一邊縫製的
春服的裡袖。

☆とおもひてぬひし春着の袖うらにうらみの歌は書かさせますな（346）

白桔梗花開的
寺院後方，
是誰在嚶嚶
泣訴
她此世的孤寂？

☆かくて果つる我世さびしと泣くは誰ぞしろ桔梗さく伽藍（がらん）のうらに（347）

他和我
都才十九歲，
當我們看到我們
倒映在
石津川的水流裡。

☆人とわれおなじ十九のおもかげをうつせし水よ石津川の流れ（348）

吹過枯野的
風：是神在
悔泣，允許
夏花太多
愛情了嗎？

☆夏花に多くの恋をゆるせしを神悔い泣くか枯野ふく風（351）

講什麼道德，
想什麼未來，
問什麼聲名？
相視又相戀，
此際，你和我。

☆道を云はず後を思はず名を問はずここに恋ひ恋ふ君と我と見る（352）

吻了你的
五指：要它們
握劍柄，
抗群魔，似乎
纖弱了些。

☆魔に向ふつるぎの束をにぎるには細き五つの御指と吸ひぬ（353）

它們還不夠格
稱作「愛」，
但我有過美夢，
詩人的，
畫家的……

☆恋と云はじそのまぼろしのあまき夢詩人(しじん)もありき画だくみもありき（355）

譯註：與謝野鐵幹曾在一九〇一年六月號《明星》雜誌上説「我的詩以抽象的方式描述詩人之愛，晶子的詩則直接而坦率地面對之」。與謝野晶子此首短歌，可視作是對與謝野鐵幹上述説法的答覆。

我是歌之子
春之子血之子
火焰之子，
於今有一對
自由自在的翅膀。

☆かたちの子春の子血の子ほのほの子いまを自在の翅(はね)なからずや（357）

譯註：與謝野鐵幹有短歌——「我是男子／氣概之子名之子／劍之子／詩之子戀之子／，啊苦悶之子。」

249.

當懷疑之神，
不信之神，
偷偷逼近我，
春日群花
頓然失色！

☆ふとそれより花に色なき春となりぬ疑ひの神まどはしの神（358）

此處是春之國：
年輕的我頭髮
滴落的水珠，凝結
在草上，
成為蝴蝶。

☆わかき子が髪のしづくの草に凝りて蝶とうまれしここ春の国（360）

為了懲罰
男人們的重罪，
神給了我
這光滑的肌膚，
這黝黑的長髮。

☆罪おほき男こらせと肌きよく黑髮ながくつくられし我れ（362）

孤單地
在夕暮的鐘旁：
我溜出去
會那人，
當霧散去。

☆そとぬけてその靄(もや)おちて人を見ず夕の鐘のかたへさびしき（363）

多麼讓我歡喜的
夢，我要把
紅色顏料倒在
春日小川，送給
遠方的愛人。

☆春の小川うれしの夢に人遠き朝を絵の具の紅き流さむ（364）

你們這些戀慕
彩虹短暫七彩的
少年啊，
何不追逐
魔神之翼？

☆もろき虹の七いろ恋ふるちさき者よめでたからずや魔神の翼（365）

我太年輕
還不能吟誦
大衛王的詩篇，
還不能放棄
生之花朵。

☆花にそむきダビデの歌を誦せむにはあまりに若き我身とぞ思ふ（368）

譯註：花朵指世間的歡愉，「大衛王的詩篇」則指修行的生活。

路過她家
叫我心痛，
更痛的是回眸望見的
黑暗中浮現的
黃棣棠花園籬。

☆みかへりのそれはた更につらかりき闇におぼめく山吹垣根（369）

257.

聽啊，神！
愛情對昨夜
春心大動的紫董花
發出的
讚嘆之聲。

☆きけな神恋はすみれの紫にゆふべの春の讚嘆（さんたん）のこゑ（372）

讓我纖細的手臂
盤繞你的脖子，
用我的嘴濕潤你
因病熱而
乾渴的嘴巴。

☆病みませるうなじに纖(ほそ)きかひな捲きて熱にかわける御口(みくち)を吸はむ（373）

銀河裡的星星
開始散去，
透過我們
臥床上的簾子
我看著。

☆天の川そひねの床のとばりごしに星のわかれをすかし見るかな（374）

昨夜燭光下
我們交換的
那許多情詩
豈不
太多字了？

☆さおぼさずや宵の火かげの長き歌かたみに詞あまり多かりき（378）

因他朗誦那首詩的
聲音而醒來的
早晨——
他說，梳一梳頭髮吧。
對此我害羞。

☆その歌を誦（ず）します声にさめし朝なでよの櫛の人はづかしき（379）

你覺得
把屬於星辰世界的
無垢白衣
那樣地染上顏色，
是誰之錯？

☆星の世のむくのしらぎぬかばかりに染めしは誰のとがとおぼすぞ（384）

年輕時，我純然被
雕刻者的聲名
所吸引，但現在——
看，多美妙的
菩薩的面容！

☆わかき子のこがれよりしは斧のにほひ美妙（みめう）の御相（みさう）けふ身にしみぬ（385）

什麼樣的秋花
在生命未來等我？
萩花，
紫苑……
都太狹，太小了。

☆来し秋の何に似たるのわが命せましちひさし萩よ紫苑よ（388）

驚訝地，
發現我立於
楊柳岸邊，
水流
緩了下來。

☆柳あをき堤にいつか立つや我れ水はさばかり流とからず（389）

晚春夕暮：
何其生動啊，
寺院紫藤下
那瘋女孩的
誦經聲。

☆庫裏(くり)の藤に春ゆく宵のものぐるひ御経(みきやう)のいのちうつつをかしき（393）

天授之才：
何不把我對
美麗春夜迷人
氣味的歌詠
集結於此？

☆天の才ここににほひの美しき春をゆふべに集ゆるさずや（396）

譯註：這首詩是與謝野晶子決定將自己所寫短歌結集成《亂髮》一書的自覺、自信的宣告。《亂髮》於明治三十四年（一九〇一年）八月十五日在東京出版，與謝野晶子時年二十三。逾一個世紀後觀之，無愧為「天才」之作。

彩虹的早晨：
用寫歌的手
偷葡萄的
那少女的頭髮，
何其柔啊！

☆歌の手に葡萄をぬすむ子の髪のやはらかいかな虹のあさあけ（398）

秘藏於
春日黃昏的
小小的夢，
在十三絃琴音中
游離了。

☆そと秘めし春のゆふべのちさき夢はぐれさせつる十三絃よ（399）

延長音：古典女性短歌選（七〇首）

大伴坂上郎女（Otomo no Sakanoue，約700-750）短歌七首

日本奈良時代（710-794）女詩人。本名不詳，稱坂上郎女是因家住坂上里（今奈良市東郊）。是日本最早的和歌總集《萬葉集》編纂者大伴家持的姑姑，後成為其岳母；大伴家持之父、《萬葉集》著名詩人大伴旅人之異母妹。據推測，坂上郎女曾嫁與穗積皇子，皇子死後，與貴族藤原麻呂交往，後與異母兄宿奈麻呂結婚。《萬葉集》收入坂上郎女和歌八十四首，數量僅次於大伴家持和柿本人麻呂，在女性詩人中列第一。她的詩具有理性的技巧，充滿機智，善用巧喻，充份顯現對文字趣味、對詩藝的掌握，同時也展露出女性細膩的情感，以及對愛的直覺與執著。此處譯的第二首短歌有題謂〈初月歌〉，日本古代相信，眉根癢乃是情人將來臨的前兆。第三首短歌讀起來頗有繞口令或饒舌歌之諧趣。

〈詠元興寺之里歌〉

故鄉固然有
明日香，
奈良的明日香
看了
亦覺好！

譯註：日本於西元六九四年由飛鳥京遷都藤原京，七一〇年又由藤原京遷都奈良（平城京），此詩所詠為新建於奈良之元興寺。元興寺為五九六年原建於飛鳥京（今奈良縣高市郡明日香村一帶）之飛鳥寺的別院，因此又名「飛鳥寺」。「飛鳥」之名讓奈良居民憶起故都飛鳥京。「明日香」與「飛鳥」日文讀音相同。

〈初月歌〉

新月升起，
初三月如眉：
我搔了發癢的眉根，
戀慕已久的人啊，
我要與你相會了。

・

說來，
卻時而不來。
說不來，
所以我等待你來。
因為你說不來。

•

邇來，
似乎已過了
千年，
我如此想——
因為我渴望見你。

•

青山橫白雲，
你對我笑得
多鮮明——
啊，不要讓
人家知道！

•

不要割
佐保川岸崖上的
密草，
春來時，隱身
繁蔭處幽會。

•

只因人言籍籍，
你就隔屋另居，
默默相戀，
如刀入
二鞘。

小野小町（Ono no Komachi，834-880）短歌二十一首

日本平安時代（794-1192）前期女詩人。「三十六歌仙」中五位女性作者之一。西元九一四年左右編成的日本最早敕撰和歌集《古今和歌集》序文中論及的「六歌仙」中的唯一女性。小町為出羽郡司之女，任職後宮女官，貌美多情（據傳是當世最美女子），擅長描寫愛情，現存詩作幾乎均為戀歌，其中詠夢居多。詩風豔麗纖細，感情熾烈真摯。她是傳奇人物，晚年據說情景悽慘，淪為老醜之乞丐。死後五百年，有三齣能劇以她為女主角。此處所譯第二首短歌中「反穿睡衣」係日本習俗，據說能使所愛者在夢中出現。最後第二首寫於石上（今奈良縣天理市）的石上寺，小町有次訪此寺，日已暮，決定在此過夜，天明再走，聞「六歌仙」之一的僧正遍昭在此，遂寫此帶調侃、挑逗味之詩，探其反應。最後一首是小町晚年之作，也是「六歌仙」之一的詩人文屋康秀赴任三河掾時，邀其同往鄉縣一視，小町乃作此歌答之。

他出現，是不是
因為我睡著了，
想著他？
早知是夢
就永遠不要醒來。

•

當慾望
變得極其強烈，
我反穿
睡衣，
暗如夜之殼。

•

我知道在醒來的世界
我們必得如此，
但多殘酷啊——
即便在夢中
我們也須躲避別人的眼光。

•

對你無限
思念，來會我吧
夜裡，
至少在夢徑上
沒有人阻擋。

•

雖然我沿著夢徑
不停地走向你，
但那樣的幽會加起來
還不及清醒世界允許的
匆匆一瞥。

•

潛水者不會放棄
海草滿布的海灣：
你將棄此
等候你雙手採擷的
浮浪之軀於不顧嗎？

•

此愛是真
是夢？
我無從知曉，
真與夢雖在
卻皆非真在。

•

這風
結露草上
一如去年秋天，
唯我袖上淚珠
是新的。

•

秋夜之長
空有其名，
我們只不過
相看一眼，
即已天明。

•

想為
自己採
忘憂草，
卻發現已然
長在他心中。

•

開花而
不結果的是
礁石上激起
插在海神髮上的
白浪。

•

見不到你
在這沒有月光的夜，
我醒著渴望你。
我的胸部熱漲著，
我的心在燃燒。

·

自從我心
置我於
你漂浮之舟，
無一日不見浪
濕濡我衣袖。

·

你留下的禮物
變成了我的敵人：
沒有它們，
我或可稍忘
片刻。

•

悲乎，
想到我終將
如一縷
青煙
飄過遠野。

•

花色
已然褪去，
在長長的春雨裡，
我也將在悠思中
虛度這一生。

•

如果百花
可以在秋野
爭相飄揚其飾帶，
我不也可以公開嬉鬧
無懼責備？

•

岩石旁的松樹
定也有其記憶：
看，千年後
如何樹枝都
俯身向大地。

•

照著山村中
這荒屋，
秋天的月光
在這兒
多少代了？

•

在此岩上
我將度過旅夜，
冷啊，
能否借我
你如苔的僧衣？

•

此身寂寞
漂浮，
如斷根的蘆草，
倘有河水誘我，
我當前往。

齋宮女御（Saigu no Nyogo, 929-985）短歌二首

本名徽子女王，別稱承香殿女御，日本平安時代女詩人，「三十六歌仙」之一。父親是醍醐天皇第四皇子、詩文大家重明親王。她的作品入選敕撰集者共四十五首，其中有四首被選入一〇〇六年編成，繼《古今和歌集》、《後撰和歌集》之後第三部敕撰和歌集《拾遺和歌集》；七首入選《後拾遺和歌集》；十二首入選《新古今和歌集》；《續後撰和歌集》以下計二十二首。她的短歌靈巧動人，如優美的嘆息。有家集《齋宮女御集》。齋宮女御二十歲時嫁給相當於自己叔叔的村上天皇，九六七年村上天皇駕崩。此處譯的第一首短歌是其哀悼、追念天皇之歌。

衣袖亦知
秋日夕暮，
淚沾袖上，一如
淺茅上的露水
多麼快就消失了啊。

•

山間松風
與琴音共振
交鳴，不知
開始撥動的是
哪一根琴絃或風絃？

紫式部（Murasaki Shikibu，約970-1014）短歌七首

日本平安時代女性文學家，世界最早的長篇小說《源氏物語》的作者。父藤原為時曾任式部丞和式部大丞，式部之名由此而來。一〇〇四年喪夫寡居，開始創作《源氏物語》，一〇〇六年左右，出仕一條天皇中宮彰子。她也擅長於和歌的創作，《源氏物語》中有七百九十五首短歌，她的家集《紫式部集》收短歌一百二十餘首，有六十餘首作品被收入各敕撰和歌集中，是「中古三十六歌仙」、「女房三十六歌仙」之一。另著有《紫式部日記》。此處譯的七首短歌，第六首選自《紫式部日記》，第七首選自《源氏物語》。第三首短歌明白彰顯日本文學之「物哀」傳統，見山櫻花燦放，說「願其永如是」，恰是憂美好事物之無法長存。《古今和歌集》漢文序談到詠歌之必要時，說：「人之在世，不能無為，思慮易遷，哀樂相變。感生於志，詠形於言。是以逸者其聲樂，怨者其吟悲。可以述懷，可以發憤。……若夫春鶯之囀花中，秋蟬之吟樹上，雖無曲折，各發歌謠。物皆有之，自然之理也。」這些說法和中國古代詩學——譬如鍾嶸《詩品》序中所說「若乃春風春鳥，秋月秋蟬，夏雲暑雨，冬月祁寒，斯四候之感諸詩者也」——相通。詩人覺秋蟲鳴聲漸弱卻難以歇止（第四首短歌），聞夏蟲為孤寂之日哀哀鳴哭（第七首短歌），「皆四候之感諸詩者也」。

有人走過，
我還在想是否
是他，
他已如夜半的月
隱於雲中

•

美哉吉野，
籠罩於早春
霧靄中，
厚厚的草叢
還壓在雪下

•

處身世界中，
何憂之有？
山櫻花在我
眼前燦放，
願其永如是……

•

鳴聲漸弱，
籬笆上的蟲
卻難以歇止：
是否也感受
秋天的離愁？

•

明月向西行，
我怎能不
以月為信，
向你談談我的近況
或路過的雲？

•

水鳥
飄游於
水之上，
我亦在浮世中
度過

•

我只能以淚
送孤寂的夏日，
蟲鳴哀哀，
那也是你們
哭泣的藉口嗎？

和泉式部（Izumi Shikibu，約974-1034）短歌三十三首

日本平安時代中期女詩人，是「中古三十六歌仙」、「女房三十六歌仙」之一。越前守大江雅致之女，十九歲時嫁給比她年長十七歲的和泉守橘道貞為妻，次年生下女兒小式部。不久進入宮內，仕於上東門院，與為尊親王、敦道親王兄弟先後相戀，後嫁於丹後守藤原保昌。她為人多情風流，詩作感情濃烈，自由奔放，語言簡潔明晰，富情色亦富哲理，是日本詩史上重要女詩人。她的短歌鮮明動人地表現出對情愛的渴望。與謝野晶子一九〇一年出版的短歌集《亂髮》，書名即源自此處譯的第一首和泉式部的短歌。此處譯的最後一首短歌微妙地暴露出情愛之美與自然之美間抉擇的兩難，但其實對敏感多情的女詩人而言，兩者可能是二而為一的。她另有著名的《和泉式部日記》，記述其於為尊親王去世後，與敦道親王相戀的愛情故事，當中綴入了短歌。她與《枕草子》作者清少納言，《源氏物語》作者紫式部並稱平安時代「王朝文學三才媛」。女兒小式部內侍亦擅短歌，亦為「女房三十六歌仙」之一，一〇二五年因難產早逝，令和泉式部極感悲傷。

獨臥，我的黑髮
散亂，
我渴望那最初
梳理它
的人。

•

在春天
唯獨我家
梅花綻放，
離我而去的他這樣
起碼會來看它們。

被盛開的梅花香
驚醒，
春夜的
黑暗
使我充滿渴望。

在我家
櫻花開放
無益：
人們來看的是
他們的情人。

‧

岩間的杜鵑花
我摘回觀賞，
它殷紅的色澤
恰似我愛人
穿的顏色。

‧

竹葉上的
露珠，逗留得
都比你久——
拂曉消失
無蹤的你！

譯註：此短歌寫春宵苦短，纏綿未已，拂曉別離之痛。日本古代男女幽會，都必須在天亮前分手。

•

被愛所浸，被雨水所浸，
如果有人問你
什麼打濕了
你的袖子，
你要怎麼說？

譯註：此首短歌係和泉式部答某男子者；該男子與她幽會，在大雨中離去，翌晨寫來一詩，謂遭雨淋濕。

•

我把粉紅櫻桃色的
衣服收到一邊，
從今天起
開始等候
布穀鳥的出現。

・

放晴已無望，
四下盡是悲傷，
心底的
秋霧升起——
就這樣嗎？

・

「這才真正活著，」你說。
但我怎能確信？
這無常的人世
牽牛花最
清楚。

•

我們來到了
盡頭，一切
何其短暫——
露水沾濕這萩花，
多希望你開口要！

譯註：和泉式部將此首短歌附於一枝萩花上，送予某人。

•

雖然我們相識
而我們的衣服
未曾相疊，
但隨著秋風的響起
我發覺我等候你。

•

我該不該問？
請坦白說出，
噢都鳥，
告訴我
京都之事。

譯註：在往和泉國路上，有一夜，和泉式部聞都鳥鳴囀，因作此短歌。

•

我的思緒隨
輕煙飛上
天際：有一天
我會如是
出現人前。

譯註：寫此詩時，和泉式部正隱於一山寺，見有人出葬。

•

你為什麼逸入
虛空？
即便易碎的雪，
方其落時，
也落在這世上。

譯註：此首短歌為和泉式部悼早逝的亡女小式部之詩。

•

聽人說死者
今夜歸來，

你卻不在這裡。
我住的地方
當真是無魂之屋？

•

別假裝了！
你不知是誰，
他卻夜夜
入你夢中。
那人除我無他。

譯註：此短歌以一男子口吻寫其初訪一女子之事。下一首則為女方之答覆。

•

雪自下方溶化
為綠草開裂，
多想遇見我
思念的
那不凡之人。

•

今天，世上
所有的東西
都非凡。
我們的
第一個早晨！

・

快來吧，
這些花一開
即落，
這世界的存在
有如花朵上露珠的光澤。

・

渴望見到他，渴望
被他見到——
他若是每日早晨
我面對的鏡子
就好了。

•

此心非
夏日野地
然而——
愛的枝葉長得
何其茂密。

•

此心
想念你
碎成
千片——
我一片也不丟。

•

子夜
看月，
我好奇
他在誰的村裡
看它。

•

我耗盡我身
想念那
沒有來的人：
我的心不復是心
如今成深谷。

・

這世上
並沒有一種顏色
叫「戀」，然而
心卻為其深深
所染。

・

人以身
投入愛情
如同飛蛾
撲向火中
卻甘願不知。

•

這颺起的
秋風裡藏著
什麼顏色，能
觸動我心
將其深染？

•

白露與
夢，與浮世
與幻影——
比諸我們的愛
似乎是永恆。

•

我不能說
何者為何：
閃閃發光的
梅花正是
春夜之月。

•

一點聲音都無
是苦事，然而
如果挪近身子說
「真吵！」一定有
討厭的人在焉。

•

「去割摘蘆葦吧！」
我不作此想——
山峰上長出的
唯有哀愁
而我……

•

久候的那人如果
真來了，
我該怎麼辦？
不忍見足印玷污
庭園之雪。

INK PUBLISHING 文學叢書 403

亂髮：短歌三百首

作　者　與謝野晶子 等
譯　者　陳黎、張芬齡
總 編 輯　初安民
責任編輯　宋敏菁
美術編輯　陳淑美
校　對　吳美滿　陳黎　宋敏菁

發 行 人　張書銘
出　版　INK 印刻文學生活雜誌出版有限公司
新北市中和區建一路249號8樓
電話：02-22281626
傳真：02-22281598
e-mail:ink.book@msa.hinet.net
網　址　舒讀網 http://www.sudu.cc

法律顧問　漢廷法律事務所
劉大正律師
總 代 理　成陽出版股份有限公司
電話：03-3589000（代表號）
傳真：03-3556521
郵政劃撥　19000691 成陽出版股份有限公司
印　刷　海王印刷事業股份有限公司

港澳總經銷　泛華發行代理有限公司
地　址　香港筲箕灣東旺道3號星島新聞集團大廈3樓
電　話　852-2798-2220
傳　真　852-2796-5471
網　址　www.gccd.com.hk

出版日期　2014年 6 月 初版
ISBN　978-986-6377-72-3

定　價　330元

國家圖書館出版品預行編目(CIP)資料

亂髮：短歌三百首／與謝野晶子 等著.
陳黎、張芬齡譯
-- 初版. -- 新北市中和區：INK印刻文學,
2014. 06 面；14.8×21公分.-- （文學叢書；403）
ISBN 978-986-6377-72-3（平裝）
861.53　103009057